内的風景

水脈の会

而立書房

内的風景

序文

一つの時代の流れにも潮目のような変化があるのではなかろうか。東京オリンピック（一九六四年）のころにそう実感したことを覚えている。六〇年安保闘争のあと、この国は高度経済成長をめざした。戦後民主主義という潮流の中に生きながら、新幹線が開通し、都心部にハイウェイが貫入する外の風景を目にすると、敗戦直後の焦土の街に立って描いた未来像とはどこか違う、はたしてこのような方向でいいのか、との違和感が潮目を想わせた。

時代の流れは早い。戦後五十年が過ぎ、あっという間に二十一世紀を迎えるところに私達は立っている。しかもこの国の姿勢には、潮目ではなくてもっと深い流れの変化が進みはじめた気配がある。ガイドライン（一九九七年）、日の丸・君が代（一九九九年）がその象徴であろう。

この本に収めた文章は、いずれもある一つの小冊子の巻頭を飾ったエッセェである。

その小冊子は、初め「風声」（一九七六〜八五年）の名で、のち改題して

「燎《かがりび》」（一九八六〜九五年）といった、建築家・前川國男を中心とする同人誌であった。それは時代の流れに流されつつ、また、高度成長の波の中で、この国のかつては美しかった街のたたずまいを無惨にも醜いものとしてしまった責めを負いつつ、しかし、なんとか抵抗と歯止めと批判との拠点を築けないものか、そして都市と建築との問題を、広く市民の間にさらす場をつくれないものか、との志向から編まれた。

外の風景とは別に、人それぞれの内側にはさまざまな風景が映っている。「内的風景」というテーマだけで、あとは自由に書かれたエッセェは、ご覧いただければ分かるように、多様であり、同時にある意味で時代を超えている。しかし、二十年間にすぎないとはいえ、それらを一つながりに通してみると、不思議なもので「同時代の水脈」といった趣きを感じさせられもするのである。

宮内　嘉久

一九九九年八月二十八日

目次

おもいのほかの……

篠田　桃紅

篠田　桃紅（しのだ　とうこう）　一九一三（大正二）年、大連市生まれ（本名＝満洲子）。書に始まって書に終わる世界を幼時より独習。四〇年、初の個展でその創造性を評価される。やがて戦後、「墨象」という美術の新たな地平を拓き、五〇年代半ば以降、東京、ニューヨーク、パリ等の各都市でその成果を提示、注目を集めた。そこにはおそらく「建築」との出会いが働いていただろう。

ニュー・ヨークの、現在のグッゲンハイム美術館を建てているころ、私はそこからバスで十分くらいの所に住んでいたので、時々現場に見物に出かけた。

建築の現場というものは、昔から大好きであった。私の五歳ころに父が郊外に家を新築した。牛込から大森の奥の普請場まで、よく父について行き、大工さんに材木の切れ端や紙のように薄い鉋屑をもらうのが楽しみだった。大工さん左官屋さん畳屋さん誰を見ても、ウマイナアと思い、特別の人に見えた。オヤツの時間には、父持参のお饅頭など皆と一緒に食べるのがまたうれしくて、普請場の雰囲気は子供をも酔わせるものがあったらしい。

足場の細い木の上をスイスイと渡るおにいさんなどは、最高に「かっこいい」ので、尊敬した。いまでも、運動競技の選手たちの妙技を見るより、現場の人の姿を見るほうが、私はずっと好きなのである。

グッゲンハイムの現場では、お饅頭も鉋屑もなかったが、あの螺旋の構造が見え始めたころは、やはり心が躍る感じであった。

ある日、友人から電話があった。建築科の学生のその友人は、「グッゲンハイムの現場で、ライト氏に逢った」と昂奮している。私もつりこまれて、いまの若い人のいう「ホントー」というような受け方をしたかもしれない。

「ライト氏は黒のマントを着て、現場をひょうひょうと歩いていた」というのである。ニュー・ヨークの寒い寒い冬であった。その友人は、すれ違いざまに、思わず、「フランク・ロイド・ライト先生ですね」と、声をかけてしまったという。黒マントの人は「perhaps so」と、まったく無表情に言い、またひょうひょうと歩いて行ってしまったという。

　友人が言うには、ライト氏の様子というものは、そっけないようだが冷たくはなく、迷惑そうでもないが歓迎してくれたとはとても思えない、というのであった。

それはそうでもあろう。若い人の、いきなりの無礼な呼びかけに、まことにイキな答え方をなさったものである。私は感に堪えた。これは、足場をスイスイなどということより数等上の、年季の入った現場人なのだ、とへんな感心の仕方をした。これからはもっとしげしげ八十七丁目バス停（グッゲンハイム美術館前）で降りなければならないと思った。

　建築家には、現場によく出かける人と、あまり行かない人と二通りあると聞いているが、ライト氏はよく出かけるほうで、それもふらりと予告なし、だという。私は、もしかしたら、ライト氏も、足場の上の男の子を眺めにお出かけだったのかもしれない、とふと思った。これは、何となくふと思っただけだから、当たっていないかもしれないが、黒いマントの人は、少なくとも図面など見て指図したりするより、足場の上の男の子を眺めているほうが似合うような気がした。

だが、私はついにその人を、現場で見かけることはなかった。予告なし現場行き、というのも、この人の数多い伝説の一つかもしれない。

そのころ、ある人が、「傾斜面から絵を見ることになりますね」と言ったところ、ライト氏は、「絵は正面から見なければならぬというものでもないでしょう」と答えたという。

これも伝説かもしれない。しかし、あるコレクターの家でその話が出たとき、居合わせた数人の人たちは皆一様に肩をすくめたが、私にはライト氏の言い分が、すんなり心に納まったことを覚えている。

人間だって、人と人、いつも正面切って対決しているわけではない。一生の友だって、夫婦、親子だって、むしろほとんどそんなことはしないで生きてしまうほうが多そうである。絵も、坂道を下りながら、横目で見るのもまたよろしくはないかと思った。

日本の屛風の絵は、開きの角度、置かれた場所で、絵の趣きが変わる。開きながら、いままで気付かなかった線や形が、急に生き生き見えて、ばっとするようなことがある。

斜面に立って絵を見ることは、おのずから、不安定な人間の心の表現になっているのかもしれない。

横目でチラッと見る、などいうことも、うまくやるには、かなりむつかしい所作に属すると思われるから、「perhaps……」の科白も、そういうひそみにつながるような気もしてくる。

正面からは見得なかったものが見える場、というものは、墨の仕事をしていても、ままあることである。

仕事の後、余りの墨で何気なく書いた一本の線が、このあいだからしきりに書きたくても書けなかった心の中の線に、ちょっと近いようなものであったりすることがある。

過って落とした一滴の淡墨を、口惜しく見ているうちに、その、にじみの、えもいわれぬよろしさに惹き入れられ、われ知らず見入ってしまう。そして、それにつれて、昔、心に染み入る言葉を言ってくれた人のことなど、思い出されたり、われにもあらぬことである。

正面から取りかかった作では、こういうことは少ない。こうにじませたい、ああかすれを出したい、などという意識が、表に出ると、まずたいていはいけない。

こぼした墨が、言いようもなく美しいすみいろだったというのは、なさけない話ではあるが、こういう墨の裏切りゆえに、私は墨を捨てられないでいる。

落墨のすみいろは、裏切りといざないとを同時に持っていて、私に、「正面」、「はずす」

ということを、垣間見せるような具合である。

ムキになっては、私の力だけの墨色であろうから、実もふたもないようなものであろう。さりとて自分が不在ではものもできない。「perhaps……」くらいにしておけば、私の手に、あるいはその辺に、落墨をさせた神の手が、そっと、添ってくれるあき間ができているかもしれないのだ。

その証拠に、旧作を眺めていて、作ったときの苦心がマザマザと思い出せるものは、いま見ても苦しい。いつ、どんな時に？　と、書いたことを思い出せないようなもののほうに好ましいものが多い。

グッゲンハイム美術館に入った作も、幸いなことに、作った時のありようは思い出せない。小さなものだから、ふっとできたものであろう。

美術館は、作品をよく掛け替えるので、私は自作をそこの斜面から見たことは一度しかない。横目で見てもたいして変わり映えもしなかったが、ジェームス・スウェニー館長が、私の仕事場でこれを選んだ日のことや、美術が建築に席を譲った、などという論議のかしましかった当時、その人が、「問題のない美術館建築というものはない」と言い切ったことなどを、その時思い出していた。

私のバッハ

鬼頭　梓

鬼頭　梓（きとう　あずさ）　一九二六（大正一五）年、東京生まれ。二人の前川（國男・建築家、恒雄・図書館人）に学んだと称する図書館建築の第一人者。山男、コーラス愛好家、プロテスタント。職業倫理確立のため前川國男の遺志を継ぎ、日本建築家協会会長として苦闘。小品「日野市中央図書館」に初心がある。

私は若い頃から西洋音楽が好きで、一時は或る合唱団の一員としてコーラスに熱中していたこともあった。楽器は何も弾けないものだから、自分で演奏する喜びはコーラス以外はまったく知らない。もっぱら聴く一方である。でも一度だけ素人のオーケストラに混ってトライアングルを受け持ったことがあった。百何十小節かをじっと待ったあとにチリチリンと鳴らすだけの役目だったが、それでもオーケストラのメンバーには違いなく、一緒に音楽をつくっているという感激にいささか興奮したことを覚えている。コーラスに熱中していた時期のことである。それは戦後しばらくの時を経ての頃だったが、私がこの時ほど音楽に支えられて生きていたことはない。

敗戦の翌年の夏に、戦争中の工場動員で結核にかかっていた弟が死んだこともあって、私は荒涼とした思いに包まれていた。私にとっては戦争のさなかよりも暗い日々が続いていた。弟はその春にはすでに医者の宣告をうけていた。できるだけ栄養を採るようにと言われても食べさせるものが無かった。私は大学を休学し、毎日のように遠くまで買い出しに出掛けた。八月末の暑い日に弟は死んだ。葬式のあわただしさが過ぎたあとに荒涼が残った。人は人の犠牲のうえにしか生きることができないのか、そんな思いが重くのしかかった。空襲の時、あの眼を覆う悲惨に深く傷つきながら、その同じ心の中に、自分が無事であったことの深い安堵と喜びとがあったことを私は思い起こしていた。自分を責めていたわけではない。人が生きるということの中に否応なく隠されていたものが、戦争によってあからさまに剝ぎとられた姿を、唯じっと見つめていたのである。おかしな話だが、その時いらい今もなお、私はおいしいものを食べる時、ふっと悪いなと思う。かすかな罪悪感に襲われるのである。

そんな中で私は夢中になってコーラスを歌い音楽を聴いた。それは楽しみとか慰めとかの域をはるかに越えていた。生きるということの意味のほとんどすべてを私はそこに感じ取っていたし、それに私は支えられていた。バッハのマタイ受難曲を初めて聴いたのもその頃のことである。それまでも部分的には聴いたことがあり、中のコラール等はコーラスで歌ったこともあったが、この長大な曲の全曲を聴く機会はなかった。覚えておられる方も多いと思うが、「マタイ受難曲」という音楽映画が上映されたのである。この曲はマタイ伝二十六章の初めから二十七章の終わりまでの長い記事が中心で、その朗唱とその間にはさまれた多くのコラール、宗教的な抒情詩を歌うアリアや合唱曲とで構成された一大抒事詩であり、イエス受難の物語りである。そのほぼ全曲が演奏される間、画面はその物語りの情景を中世いらいの教会のレリーフや壁画の写真で追っていた。ソプラノをシュワルツコップフが歌っていたこと以外演奏者については覚えていないが、どういうわけでか全曲が英語の訳詞で歌われていたことは記憶に残っている。画面の構成もすぐれていた。私は深く感動した。何回か上映のあとを追って映画館に通った。音楽が伝える感動を言葉に置き直すことは不可能に近い。ただ、全曲を覆う深い憂愁の底に限りないやさしさと慰めとが満ちていた。それは私がそれまでに聴いたことのない体験だった。最後の合唱が"Wir setzen uns mit Tränen nieder und rufen Dir im Grabe zu : Ruhe sanfte, sanfte ruh'!"(「涙もて　われら　ひざまずき　墓にいます　きみに呼びかく。　眠りたまえ　安らかに　安らかに　眠りたまえ！」)の曲を歌い始めた時、私もまた涙をおさえることができなかった。この時から、マタイ受難曲は私のかけがえのない音楽の一つとなった。

十年近く前、初めてヨーロッパへ行った時、といってもそれ以後は行ったことがないのだから私にとって唯一度のヨーロッパなのだが、その時の、とりわけシャルトルのカテドラルを訪れた時のショックは大きかった。写真などでは思いも及ばないものがそこにあった。私は初めてヨーロッパを見たと思った。戦慄に似た衝動であった。第一それは私の持っていた石の概念とまったく違っていた。私の持っていた石は城の石垣であり、どこまでも重厚な重畳とした石の累積であり、自然の石の延長であった。おろかにも私は西洋を石の文明と呼んだ時に、その石はこの石の類推の中にあったのである。そこで見たものはこのような石とはまったく別のものであった。極限まで追求された石の架構は、想像を絶するような複雑巧緻な構造として、頭上はるかにそびえ立っていた。その構築には苛酷な労働と流された血の跡までも歴然と残っていて、一つ一つの石にはあくことのない執念が刻みこまれているのだと、そんな妄想さえ湧き起ってくるようなそれは物凄い構築でありながら、内部の空間はどこまでも高く、光にあふれ、石はまるでもう石ではなくなってしまったかのように繊細に軽やかに伸びていて、そこは静謐に満ちていた。この時も私は、生まれて初めての、得体の知れない感動に襲われていた。中に立ち外に立ち、立ち続け立ちすくむ私の脳裡に、とりとめもない断片のような想いが次々と通り抜けた。これが西洋か、西洋が辿りついたこの高さか深さか、いずれにせよこの物凄いもの——そうとしか言いようのない感じだったが——、これはいったい何なのか。日本とはまるで違う、まるで違うものでありながら、数百年の年月と数千キロの距離をへだてた今の私に、こうして迫ってくるこれはいったい何なのか、この得体の知れない深い感動はどこから来るのか。そうかと思うと急に、ふとこの上なく親しいものにやっと巡り会った時のような、私は今ようやくここに帰って来たのだというような、心の一番奥の方で何かが溶けてゆくような、そんな気持に襲われたりもした。私は明らかに取り乱していた。

そんな中で、私は突然バッハが聴きたいと思った。ここでこの中でバッハが聴きたいと痛切に思った。オルガンがいい、いやマタイのほうがいい、もしかするとこの空間が音で満たされてしまうより、無伴奏ヴァイオリンのパルティータのほうがいいかもしれない。澄み切ったパルティータのあの音が、いくつものエコーに包まれて、ステンドグラスと響きあいながら深沈と消えてゆくのを想像しながら、それだけで私はまた深く感動していた。バッハはバロックではないゴチックだ、などと思ったり、バッハの後ろに、この私の知らないヨーロッパがあったのだと、当たり前のことに、いつまでも、そして改めて感動したりするのであった。

だいぶ前から私はいろいろな音楽を聴くようになった。モーツァルトやベートーヴェン、それにブラームスの室内楽、シューベルトやショパンのピアノ等は聴くたびに新しい感動があって大切な音楽だし、時にはグリークの抒情小曲集やメンデルスゾーンの無言歌もいい。フランクやフォーレもよく聴く。忙しくなって、聴くのはほとんどレコードばかりになってしまったが、レコードにも捨て難いところがあって、バッハのカンタータやオルガン曲等、ほとんど演奏されることの無い音楽を聴けるのが何よりもありがたい。この間もメンゲルベルクが指揮をしたマタイ受難曲を聴いた。戦前のSP時代の演奏会の録音である。現代のバッハの演奏法とはまったく違った主観的な演奏で、テンポはつねに揺れ動きルパートやフェルマータが随所に附されて別の曲のような趣きさえありながら、それが私に訴えてくるのはやはり紛れもないバッハのマタイであった。私はじっと聴き入って身じろぎもしなかった。バッハの音楽は広い世界を持っている。その世界はけっして天上の音楽の世界でも神の音楽の世界でもない。それは人の、その最も深い所に言い知れぬいたみを抱えて生きてゆく人間の、その深い悲しみの底から果しなくどこまでも拡がってゆく世界である。それはどんな解釈や演奏法でも変えることのできない音の世界であった。こんな音楽を未だ私は他に知らない。

最近また、つくることを恐ろしいと思うようになった。こんな恐ろしさは繰り返してやって来る。今は何よりも先が見えないのが恐ろしい。先が見えないのに、つくられたものはその見えない未来を生き続ける。こんな時に私はよくバッハを聴く。バッハの音楽がどうしてあんな深い世界を持ち得たのか、その秘密を私は知らない。知らないままに二百年以上昔の音楽が伝えてくるものに私はじっと耳を傾ける。そしてまたつくり続ける。これからもつくり続けてゆくだろう。戦争の時から拡がった内面の荒涼とした空洞を、私は埋めてゆかなくてはならない。

半生回想

松村　正恒

松村正恒（まつむら　まさつね）　一九一三（大正二）年、愛媛県大洲市生まれ。敗戦後、八幡浜市役所に在って、小・中学校の建設に当たる。一九五二年以降、四国の地に続々と実現したその仕事は、東大の専門家を驚かす先進的なものであった。地域に根ざすことこそ建築家の本道との信念を終生枉げなかった。一九九三年没。

私が物心ついたころ村で隆盛をきわめておりました製糸工場は次々と破産し、大阪に働きに出ておりました友達の姉は身ごもって帰り、てなし子を生むと、母子ともに息がたえ、さびしい葬列に大工の父親は、小さい棺を肩にして泣きやまず愚痴ばかりこぼしながら日暮れの野道を歩いてゆきました。人々は助けを求めるでもなく悲しみ喜び悩みながら生きておりました。恋に破れて身を亡ぼす人、狂う人、どうしてこうも人間は愚かで憐れなものなのかと考えました。

私の生まれ在所は一万石の城下町、と言いましても城はなく城主の館と庭が遺り、ところどころに昔の跡をとどめておりました。廃藩後に私の祖父は、下級武士の長屋を譲りうけ貸家にしておりましたが、みすぼらしい家に、みじめな暮らしの暗い定めの人達が住んでおりました。私の家も昔のまま、うすぐらく不便きわまり、箱につめた刀が床下に放りだしてありました。その座敷も隣接した小学校の拡張のために、貸家は役場の敷地に乾繭倉庫にと召し取られてしまいました。住宅問題の切実さに心を痛め、土地収容法におびやかされて土地政策に関心をいだき、フェビアン主義に共感を覚えましたのも、生い立ちのなせる業かも知れません。

世の権威とか金力に絶望し、頼れる者は己ばかりと観念して武蔵という名もなき学校にもぐりこみました。建築学を選びましたのも別に理由はなく、風の吹きまわしと言うよりほかありません。今も、そう思っております。木村幸一郎、竹内芳太郎そして蔵田周忠の諸先生に教えをうけましたことは幸というより私の人生行路に大きい影響を及ぼしました。

タウト先生が亡命してこられたのもこの頃で、直接間接にタウト先生から学んだことは限りがありません。先生のうつうつとされたお気持が身につまされます。タウト先生にさえ仕事が廻りかねるほど日本は貧弱でしたが、私も貧窮し学業を捨てたいと蔵田先生に相談しました。そんなに困っているか、と財布を覗かれましたが先生も空っぽ、照れて財布をしまわれながら、とにかく学校は出ておけ、翻訳でもするかと「国際」(建築)の小山(正和)さんを紹介して下さいました。翻訳は苦労の連続でしたが、あるとき小山さんから託児所建築の別刷を百部、編著と改め薄っぺらな本にして贈られた時は、骨おりの甲斐もあったと本当に嬉しく思いました。

卒業設計は子供の家、実例があるわけでもなし、父が死ぬ、母が投獄される、病の床に臥す其の間、また親の働く家の子を保護し教育する、そんな施設を考えましたけど、望むらくは、こんな施設の役立たない世界でありたいと、祈りをこめての製図でありました。

佐々木孝之助先生の紹介で竹中工務店東京支店に出向き面接をうけ酒飲むか、ハイ五合飲めば良い心地がします、と正直に答えて門前を追われ、次は徳永庸一先生の口添えで九州は小倉市役所、将来は課長の椅子を約束され月給七十五円、郷里も近しその気でおりましたところ、蔵田先生が俺に任せ、レイモンド事務所は駄目になったが土浦先生が新しく開かれる、決心するが良い、土浦先生は申されました、君は徒弟、給金は四十円。二・二六事件の前の年でありました。

建築家は四十歳からだと張りきっておられた先生には文字どおり手を取って教えて頂きましたが、見込のない奴だと投げておられたことと思います。そのうち土浦事務所は挙げて満洲に移りましたが、そこでの日本人の傲慢さは目にあまりました、彼の地の大人の悠然とかまえ黙々と闊歩していた姿が忘れられません。やがて生意気にも建築事務所なるものの実態に疑問をいだき、出直したい、と蔵田先生に訴えました。思い直せ、お前の思慮は浅い、と親身な切々とした便りを続けざまに頂いたにもかかわらず我儘を押し通してしまいました。

戦中は竹内先生が課長の農地開発営団という開拓農民相手の職場に身を寄せました。雪国に四年すごせたことは私にとりまして亦とない体験でした。それまでの社会秩序は目にみえて破れ、旧来の習俗も音を立てて消えてゆく時代でした。雪に埋もれた豪農の家に、あるときは開拓小屋に一夜の宿をかり、雪国の人々の暮らしと物の考え方をつぶさに観察し、これを雪国の民家と題して綴りましたのも良き思い出であり、吹雪にむせびながら、遠く海鳴りを聞きつつ、土と血について、いかほど思いを巡らしましたことか。

敗戦を機に、ふとしたはずみで田舎の市役所に腰をおちつけました。見識と風格のある学者市長、肚のある有徳人の助役を後楯に、市民の啓蒙に手をつけましたが、仕事の上では一切の妥協を排撃しました。ＰＴＡの寄附に頼って学校が建つ時代でした、玄関がない是非つけろ、たとえ千金を積まれようとも応じられない、学校という先入観を打破するのが目的であると突きはねました。

静かな流れに沿って建つ小学校で、コンクリートのテラスと鉄骨の外階段が水のうえに影を写す、河川法に違反すると野暮なことを言いだしました。法に背くというなら私を罰するがよい、設計変更は断じて行わない、この学校で育つ子供達に生涯忘れることのできない美しい清い郷愁を抱かせるのが私の念願であると押しきりました。

児童問題に強い関心を示しましたのは、深い理由がありますが、とにかく非常に高い乳幼児死亡率、児童虐待防止法の生まれる前のことです。黙視するに忍びず日比谷の図書館に通い詰めましたが、児童問題に関する限りほとんど翻訳物、霜田静志さんの名は未だに覚えております。施設はおろか研究も役所の対応も問題にならず、英国の情況に教えられるのがせめてもの救いでありました。社会事業研究所に足を運んで友を選び、城戸幡太郎先生に近づいて保育問題研究会に入り、精薄児の専門家に接触し、実験託児所の計画にも参加いたしました。

忘れがたい光景があります。旅芸人の一座を乗せて汽車は山形に入りました、寂しい駅で父母と別れを惜しみながら少女が入ってきました、売られてゆくのです。教科書をつめた鞄を大事にかかえ、幼い子役と直ぐに仲よしになりましたが、汽車が駅を離れる度に、母の名と受持ちの先生の名を代わるがわる呼びつづけました。昼になり、少女は僅かの餞別を割いて駅弁をひとつ買い、箸をふたつに折って子役と分けて喰べました。

秋田は田沢湖のほとり生保内村に季節保育所がありました。農村の困窮をみかねて自由学園が開設したものでした。先方の迷惑も構わず二日間、幼児と生活を共にいたしましたが、小川で歯磨きの練習に一人はなれて男の子は足の裏を、せっせと歯ブラシで磨いておりました。村に、敬虔な仁徳あつき老医ありと聞き訪ねました。庭は夏草の繁るにまかせ、壁は荒壁、柱には貫穴が目につき、診察室らしき室も見あたりませず、畳に端座して診察。体の病と心の憂いを救いながら、その拠ってきたる源を絶とうと精励なさる志には感服のほかありませんでした。

人も物も、すべて細分化され機械化され画一化され、冷えびえとした荒れた見せかけの風景に囲まれてゆきます。私などは取り残されてしまいそうです。山奥の清冽な泉のほとりに、人知れず咲く名もなき花でありたい、たわごとに聞えることでしょう。記念碑的な建築を創ることのできる人を建築家と呼ぶ、そう心得ております。その力のない私は一介の職人です。そのような建築を創りたいと考えたこともありません、考える前に、一坪の広さを、我を忘れて跳べる場を、少なくとも日本の子供に与えたい、そのことが念頭を去りません。文化とは心の問題で、建築が代表しなければならないものでもありますまい。馬齢をかさねて漸く、外からでなく内から、人と建築を観る眼ができました。地方だ地域主義だ、なにを今さら、と思いつつ駄文を草する機会を与えて下さったことを心から感謝しております。

陶磁遍歴

浦辺　鎮太郎

浦辺鎮太郎（うらべ　しずたろう）　一九〇九（明治四二）年、倉敷市生まれ。財界の雄・大原總一郎の学友として倉敷レイヨンの営繕に勤め、一九六四年に自立後、大原美術館分館の設計に当たるなど、地元・倉敷の街並み修復に尽力。「ウラチン」は対東京意識の強さで関西建築界の重鎮となる。代表作は倉敷国際ホテル、倉敷アイビースクエアなど。一九九一年没。

壺中日月長しとか、私のこの遍歴もそのたぐいのことで、いわば凡夫の遊びごと。たまに同好の士と語って興ずることはあっても、人に自慢で見せたり拙文にしたことはない。

たまたま風声子から言われて、うっかりと乗ってしまったこの閑文字。願わくば読者諸賢よ、軽く読み捨てて、深く咎めないでいただきたい。

遍歴はいつ終わるとも分からないが、フト立ち止まって、旅立ちの昔を思うことがある。最近手にした一枚の皿は、回想の楽しさと苦しさとを一緒にして持ち込んでしまった。明《みん》嘉《か》靖《せい》赤《あか》絵《え》の蓮花水禽文《すいきんもん》皿。自由闊達の筆はこびで蓮と水鳥が描かれている。胎土、釉薬から見て景徳鎮窯のものであることは一目瞭然。表からだけ見れば、むしろありふれた皿だが裏を見てウームとばかり考え込んでしまった。と言うのは、糸底に染付二重丸があって（それは景徳鎮官窯の印だが）、その中に〝雑〟と書かれていたからである。

雑とは何であろうか？　考えあぐんで、私の師匠格の学者に尋ねたところ、答は簡単明快。

『雑とは宮中雑器の意。天子や高官の御用にはならないためにしるしている』

『これと同じものは、知る限りでは他に一枚あって、駒場の民芸館が所蔵している』

雑と一字描かれたために、この皿の辿った運命は違ったものとなったのであろう。それが無かったとすれば、官窯の赤絵で通用して、あるいは富貴権門の有と帰していたかも知れない。その一字が付いていたために、粗末に扱われて、本来同輩が大勢居ったであろうのに、タッタ二枚となりはてて、しかも商人に廉く買いたたかれたのであろう。

民芸の開祖柳宗悦先生は、京都の店頭でこの皿を手にした際、雑の印にかえって価値を見つけられたのかもしれない。博学多識な先生は私などと違って、すべては手にした瞬間に読まれたに相違ない。〝物を真《ちか》に見る〟流儀であるから知識によって価値を決めたり、それにわずらわされるようなことは皆無である。ただおそらく当時（昭和初期か？）に『雑器の美』を出版されていたから、所説そのものの雑の一字には興を覚えられたことであろう。一枚の皿は、かくして良き人に救われた。

かえり見れば私の陶磁遍歴は、じつはこの『雑器の美』を道案内にして始まっている。

小鹿田《おんだ》皿山のトビガンナ。二川の松の絵大皿。苗代川の黒物《くろもん》。竜門寺のチョカ。琉球壺屋。益子の山水土瓶。……なんと無雑作でたくましくて、しかも廉かったことであろう。この平坦な凡夫の道を、健脚に任せて歩いていた頃の楽しさ！　なつかしさ！

柳先生の教訓を守って遍歴していた道は、一生歩み続けて誤りのないものであった。それを、天国のアダムとイブのように、蛇の誘惑に乗って智慧の実を食い、天国を追放されたのである。私の場合〝智慧の実〟はルーツをルーツをと追い求めてやまない何物かである。

日本の民窯のルーツは朝鮮だと言うのでそちらに足が向く。そうすると道が二つに分かれて来る。一つは利休が発見した朝鮮茶碗の道。一つは柳宗悦の見出した李朝白磁の道。私は後者を選んだのでそこまではまだ救われた。それが高麗青磁と遡り、さらにルーツルーツと中国大陸に踏み込んでからは難行苦行。お先まっくら。この道の大先達東畑謙三氏は、〝中国陶磁は不老不死の高貴薬〟と言っている。凡夫の辿るべき道ではなかったと気がついてもすでに遅しの感がある。雑の部でも行くより他はあるまい。

眼で直に見て手に触れ〝指頭《しとう》の眼《がん》〟で確かめてこそと思いつつも、先立つものが先立たないならば、いっそのことガラス越しにでも中国最高最貴のあの汝窯を拝見しようと、台北の故宮博物院まで遍歴した。凡夫のあさましさも極まって来た。中国歴代第一の風流天子徽宗《きそう》がかの精器、定窯白磁にさえ〝有芒〟ときめつけて自ら命じて造らせた官窯青磁。現存三十数品すべてこの博物院所蔵。

天青　glazed in sky blue-green

粉青　〃　〃　light greenish-blue

卵青　〃　〃　egg-green

この三種の別を穴のあくほど見て来た。そして中国人は〝精美〟を最高価値規準としていることもよーく分かった。

ただ中国は地大物博——民衆的な別世界があって一筋縄で行くはずもない。民衆に愛されて生き残って行くものは、このほうではないかと思っている。それがあるから私の遍歴は行方が知れないのである。

「内部風景」

磯崎　新

磯崎　新（いそざき　あらた）　一九三一（昭和六）年、大分市生まれ。丹下健三研究室の出身ながら、国家意識の強い丹下を超えて、一九六〇年のデビュー以来、つねにインターナショナルな場と視点とに立つ。その空間に対する鋭敏な方法的追求は、世界水準の高い評価を獲得した。芸術・思想の領域にも影響力を示す磯崎の本領は、しかし、「未来都市は廃墟」と見据えたニヒリズムにある。

このエッセイに与えられた題が「内的風景」だったので、私はまったく同じ題で制作した仕事について書くのでもいいだろうと考えた。すこしだけ違うけど「内部風景」というのがこの仕事だから、訳せば同じだ。

同じだといいきってしまったが、この「同じ」という認識の仕方が実は私が三枚の版画をつくるときにいいたかったことだ。

私は建築家として建築の設計を業にしている。しかし設計図をつくって売ることだけが建築家の仕事のようにみられていることに不満をもっている。本来建築家は広範な知的な領域とかかわり、それを空間的な表現によって実現するべきなので、建築という特殊領域に閉じこもるのは自縄自縛だなどといっているうちにそれなら美術展に出品してみろという推薦をうけた。

東京版画ビエンナーレで、世界各国のコミッショナーが何名かをえらび、その全員の作品で展覧会を組むものである。この年（一九七八年）にはもう十数回目にあたり、目ぼしい版画作家は登場しつくしたので、気まぐれなコミッショナーが他領域の作家をひっぱりだしてみたら、と思いついたのかも知れない。

グラフィックと美術の境界がなくなったといわれた頃があって、多くの版画がデザイナーの手によってつくられたが、これは彼らの錯誤であって、複製されるとはいってもそれはテク

磯崎　新　内部風景I　ストンボロウ邸　一九七八年

磯崎　新　内部風景II　カトルマン精神病院　一九七八年

45「内部風景」

磯崎　新　内部風景Ⅲ　増幅性の空間　一九七八年

ニックのレベルであって、美術とは呼びにくいほどの落差がみえた。この原因は明らかで、グラフィカルにみえる仕事でもアーティストの自らのコンセプトから引きだされたものが背後にうかがえるのだが、ひたすら思いあがってアーティストの領域に進出して勝負しようとしたためである。

この轍をふんで恥をかきたくない。とすればやっぱり建築が主題にえらばれるべきだろう。建築とまったく違う場所に発表されるとすれば、普段べったりとりまかれている建築を冷たくつきはなしてみる視点はないか。

私たちはあまりに日々変化する建築の細部の変遷を知りすぎているので、その微妙な差異だけを気にしている。たとえばシュトゥッツガルトの一九二七年に建てられたヴァイセンホフをみると、当時はミース、コルブ、グロピウス、アウト、タウト、ベーレンス、シャロウンらのそうそうたる連中がきそって住宅をつくったわけだから、彼らの相互の差異が問題にされただろう。ところが五十年以上を過ぎてみると、そこでは鉄骨と白い壁だけが支配的であったことから（白いスタッコ壁を共通して使うという申し合わせがあった）、いまではひとつの様式のようにみえる。国際建築あるいは近代建築といっていい。ここにはまれにみるほどの様式的統一感があるとみえるのだ。

とすればひとつの時代を巨視的にみると、微細な差異は消え去って、超越的な様式に支配されているとみれるだろう。それを私たちが生きている二十世紀の例でとりだしてみると、均質空間がそれに当たるかも知れない。均質空間の概念は近代の発生とともに生まれたから、おそらくもう三世紀は経ているだろう。だがそれに正確な表現形式を与えたのは十九世紀の末以来、やっと百年のことだ。誰もがそのひとつの形式におしこめられているのではないか。

建築家として仕事をはじめたときのナイーヴだった野心は、そんな均質空間からいかに遠い形式がつくりだせるかというその一点にあった。だからひたすら空間論のかたちで、強引な仮説をつくってみたのだが、いくつかの仕事ができあがってみると、二十世紀の技術でその時代に要請される建物を設計しているかぎりにおいて、均質空間の超越的な支配からのがれるのはほとんど絶望的ではないかと感じはじめた。プロセスの変化が生みだす偶発性にかけることも、闇といった初源性を回復することも、いずれも意図的な投企であったが、幾分かは達成できたように感じても、その背後に均質空間は透けてみえた。

そこで再度の投企は均質空間をパロディとして突きはなすことであった。空間の性格をそのまま視覚化するように、可視化された表面はすべて方眼状に均質に割りつけた。あげくに均質空間がもうひとつ次元を深めればいいではないか、区切りの面が消えないものか。そんな実像と虚像の境界をさぐろうと考えた。あげくに小さい空間が生まれたが、床や壁は方眼であっても柱やファンコイルが露出した。そしてコンピューターの端末器もそのなかに浮かんだ。

版画制作の依頼をうけたときはそれから数年を経ていたので、自作をある距離でみることができるようになっていた。あれほどきりきりまいしても遂に有効な方法はパロディしかなかったのかというやや自嘲めいた気分にもなっていた。ならばこの支配的制度のような空間概念と渡り合ったはずの人間たちも一気に均質化させてしまえというわけで、ウィトゲンシュタインとアントナン・アルトーが思い浮かんだ。

彼等の内部に焼きついていたはずの光景もまた均質空間そのままではなかったか。論理の極限を思考したウィトゲンシュタインは非建築家ではあるが、彼の姉のために住宅を設計している。外観はともかく内部は完全に彼自身のデザインによって決められたことは実証されている。その光景は彼が幾度となく思い浮かべ、かつそのとおりに眺めたはずである。

彼と対極的な個性の所有者であったアルトーは、徹底して非合理演劇を実践し、遂に精神病院にはいった。その病院の廊下の写真がみつかった。この光景もまたアルトー自身の眼底に焼きついていたはずである。いっさいの装飾が消された、まったく普通の廊下であるが、ウィトゲンシュタインが厳密な比例をつきとめようとして切りこんだ壁と「同じ」ようにみえるではないか。それは同時に私のつくった空間の写真とも「同じ」にみえるといってもいいではないか。

同一の構造いや空間概念に支配された光景。時代も場所も勿論人間の性格もまったく違っていても、空間の超越的支配の枠からは逃れられていない。その袋小路とも呼べるし、ひっくりかえせば時代の様式とも呼べる空間に、私はまだ当分の間つき合わねばならない。いっぽうでいかに破壊できるかを考えながら、そんな様式が浮かびあがるとちょっと安心もできる。奇妙なアンビバレンツだが、まだ誰も踏みこえてない境界線があって、そのこちらの光景だけをしょっちゅう眺めさせられているのではないか。

哲学や演劇の大家をまきこんだおかげで、この版画には国際的な審査員から賞をいただいた。いささか遊びぎみの仕事にくれた賞であるため面はゆく、過去三年間はだまっていた。お前が賞をとるなんて嘆かわしい、などと友人の芸術家たちに冷かされたためだが、「内的風景」には語呂もよくぴったりの主題なので、気はずかしいが説明を加えておくことにする。

ところで、この版画シリーズの意味するのは同床異夢ならず異床同夢がこの世のならいといいたいわけで、日夜努力して異なったイメージを創出したと思っても、結局のところ同じ風景をみているのではないか、ということである。自戒。

セント・アイヴスにリーチ先生を尋ねて

鈴木　華子

鈴木　華子（すずき　はなこ）　一九一九（大正八）年、静岡市生まれ、東京育ち（旧姓＝杉山）。新宿歌舞伎町に「民芸茶房すゞや」（和風洋食店）を創業（一九六〇年）、棟方志功による看板や品書き、民芸陶器を活かして、落ち着いた雰囲気の店を仕立てた。鈴木華子はこの仕事を通して、日本民芸協会の会員となり、陶芸家・浜田庄司、バーナード・リーチらと親交を深めた。

早いもので、もう五年前のことになりますが、私どもがリーチ（Bernard H. Leach, 1887–1979）先生の許へ伺いましたのは、昭和五十一年（一九七六）秋でございました。ヨーロッパへ旅することになりましたとき、はじめから私はセント・アイヴス（St. Ives）にリーチ先生をお尋ねしようと心にきめておりました。と申しますのは、浜田（庄司）さんのご病状が好くなられたことを、ぜひお伝えしたいと思ったからです。リーチ先生と浜田さんとの友情は、あとですこしお話しいたしますが、ほんとうに傍目にも羨ましいほどの心の繋りでいらっしゃいましたから、先生はさぞ遠く離れて病床にある浜田さんのことをご心配だろうと思いましたので、幸いにも好転された浜田さんのご様子を、どうしても直きじきにお耳にいれたい、とそう考えてのことでした。

十一月も終わりかけのころ、パリから電話を差しあげ、空路ロンドンへ、さらに国内便に乗り継いで、セント・アイヴスの町に近いニューキーという小さな飛行場に降りました。ロンドン－セント・アイヴス間は、鉄道でも数時間とのことでしたが、その日のうちにロンドンへ戻る都合上飛行機にいたしたわけです。地図で見ますとセント・アイヴスは、イギリスの一番南西の端にあり、ランズエンドと申すそうで、はじめ私は何となく暗い風景を予想しておりましたが、甥の元茂（杉山）が同行してくれますので、思い切って参ることができたような次第です。ところが、まずロンドンからの機上の眺めで私の印象は一変いたしました。小春日和に恵まれた中をニューキーに近づきますと、辺り一帯が牧場で、牛たちの群れているのが見え、のどかないい景色でした。その一面の緑のなかに点々とごく小さな白いものがいっぱい目に入ります。何だろうといぶかったのは、降りてみてじつは放牧の豚とわかりました。空港がまた簡素なプレハブ造りのものでしたが、タンポポの花に囲まれていて、しかもそこで出会ったひとたちの印象もよかったのです。タクシーはなく、集まってくるのは農家のひとたちが臨時にタクシーの札を付けた車で、配車係も白いエプロン姿のお年寄りでした。リーチ先生の名前を告げましたら、赤いセダンに乗せてくれました。それを運転している農家の主婦は、自分はまだリーチというひとに会ったことがない、今日はいい機会をつくってくれたって喜んでいるんです。帰りの飛行機に間に合うよう必ず迎えに来てあげるから、その間ゆっくり会っていらっしゃい、とそのひとは言ってくれました。セント・アイヴスの街の入口で警官に道を尋ねました。すると、どういう用件かって言うんです、その鯱取ったおまわりさんが。ああいう先生の邪魔をしてはいけないって。こうこうですって申しましたら、それならと詳しく教えてくれました。こんなふうに、天候も風景も街のひとたちも、すべてが予想とは反対に明るい優しい印象に変わって、これも先生のお蔭だと、それだけで私の心はうれしさに弾む感じになりました。

丘でなく海のほうへお出で、と先生は電話で申されました。丘は窯場で海がお住まいです。セント・アイヴスは海に面して坂道の続く石壁の街でした。リーチ先生はその突端にある、居間・寝室に台所だけの質素なフラットに住まっていらっしゃいました。先生はサーの称号と同じような称号をお持ちですし、エリザベス女王が日本に来られる直前には、「浜田庄司を通じての日本」と題して、日本のことを女王にお話をされたような方ですのに、日本にいらっしゃったときもそうでしたが、身なりも構われず、私どもつねづねほんとうに偉い方というのは違うものだと心から敬意を抱いておりましたけれども、このお住まいを見て、あらためて感じ入りました。

甥をご紹介いたしますと、そう、きみがすゞやを継ぐのかって、お話の間にも、何かと若い甥のために気を遣って下さいました。それも、いまはもうめったに耳にすることのできない、明治時代に覚えられた美しい日本語で、ゆっくりと言葉をお選びになりながら話をされるのです。たとえば、柳（宗悦）や浜田たちとの思い出はみんな「心の抽出しにしまってあるよ」、というふうに。

おひるをご馳走になり、やがてお茶の時間になりました。先生は白いお皿にたくあんとえびすめとを盛って出して下さいました。日本の柿がお好きで、いまでも焼きのりをよく召しあがると伺いました。窓からは渚が見え、ウミネコの声が聞えておりました。つい私は、いまはもう目のご不自由な先生のことを一瞬忘れ、いい景色でございますね、と申してしまい、はっといたしましたが、リーチ先生は「そう、ここの景色がぼくは好きでね」と、静かに受けて下さり、「春には空色のブルーベルがきれいだよ」と、おっしゃいました。こういう心の優しさに私は撃たれます。

大正のころ（一九二〇―二三）、浜田さんとご一緒に先生がここへ登り窯を築かれた日のお話が出ました折、ふと私は、かつて浜田さんが私に「リーチは美爺《びじじ》いだ」と申されたことを思い出し、そうお伝えしましたら、先生はたいへん喜ばれて、同席の女のお弟子さんたちに、その言葉の意味を笑いながら説明していらっしゃいました。

お別れの時が来、浜田に、とおっしゃって、先生はご自分の画帖に添え書きをされ、また私どもにも昔のスケッチを二点下さいました。迎えに来てくれた車に私どもが乗りこんでからも先生は玄関の外に出て、車が街角を曲るまでお見送り下さいました。もうこれで先生にお目にかかることは叶うまい、そう思って私は、こみあげてくるものを抑えることができませんでした。あのとき伯母さんは少女のように泣きましたね、とあとで甥にからかわれることとなりましたけれども。

二年後の昭和五十三年（一九七八）に浜田さんは世を去られ、あとを追うようにしてリーチ先生も翌年他界されました。浜田さんのご命日が奇しくもリーチ先生のお誕生日（一月五日）というのも縁の深さの証しかもしれません。お二人は皆様もよくご存知のように、大正の中ごろ（一九一八）京都で知り合われて以来のお付合いでしたが〔当時リーチ三十一歳、浜田二十三歳〕、私どもは浜田さんを通じてリーチ先生を存じ上げるようになりました。昭和三十四年（一九五九）ころだったと思います。すゞやの開店（一九六〇）のさいに先生も来て下さり、その後は日本へお見えになる度に、お泊りはいつも麻布の国際文化会館でしたが、かならず私どもの店へもお寄り下さいました。

昭和三十八年（一九六三）ころでしたか、先生が松本の霞山荘にこもって、柳（宗悦）さんのご本の英訳をされておられたとき、浜田さんとご一緒にお見舞にあがったことがあります。そのとき浜田さんは、リーチに持っていこうとおっしゃって、じつにこまめに、パンはあの店の何、ジャムはこの店のこれ、そして和菓子は上諏訪の新鶴の塩羊羹を、というふうに、リーチ先生お気に入りのものを、ご自分でせっせと買いととのえられました。すばらしいことだと思いました。でも、それはけっして「もの」ではなくて、「こころ」で結ばれているすばらしさだと私は思います。

だいぶ以前、日本民芸館の集まりの席上で、万やむをえず発言しなくてはならない段に立ち至りまして、つい私が「民芸は恋人と一緒でございます」と申してしまいましたところ、リーチ先生は「参った、参った」と、手を拍って下さったのでしたが、民芸を支えていたのも、技や物ではなくて、ひとの心ではなかったかと思います。私にとってかけがえのない人生の導き手であったリーチ先生、浜田さんを喪って、しきりに思い返されることは、やはり何事につけ肝腎なのは、ひととしての在りよう、心の優しさに尽きるという想いでございます。

わが心の風景

西澤　文隆

西澤　文隆（にしざわ　ふみたか）　一九一五（大正四）年、滋賀県生まれ。近江商人の血筋。建築家・坂倉準三に就き、マニラでの捕虜体験を経て、戦後、大阪の坂倉建築研究所を主宰。六九年に逝去した坂倉のあとを継ぎ、その線の柔らかな作風をもって、同研究所の水準を高めた。とくに、古い庭の実測を継続して体得した感覚に基づくコートハウスの連作が光る。一九八六年没。

徴兵検査のため帰郷する頃、私は伊勢神宮に夢中であった。途中伊勢に詣で各末社の棰や勝男木の本数を数えて廻った。柘植で乗り換えた草津線はその頃まだ単線で、上りの汽車が通過するまで、わが列車は谷間へ降りて待機した。時はまさに五月、黄昏より少し早く、蒸せ返るような草いきれに陽光が金粉を撒き散らしたようで、満ち足りた豊饒感が身を包んだ。貴生川でもう一度乗り換えて愛知川のホームに降り立った時、湿り気を帯びた風が身を横切った。故郷だ。戦慄に似た情感が身を貫いた。

湖国は湿度が高いせいか京の都に近かったせいか、家は京風に出来ている。外を雨戸で囲い込んだ内部はスカスカだ。建具を取りはずせば内も外も含めて等質な空間になる。箱階段は一応固定してあるが、柱や鴨居からは離されていて、その向うも建具。二階との間には水平に引く板戸があり、これは建築に附属しているから、箱階段は建築から離されているのだ。家の周りには縁側が廻っていて、平素は室を通路として使うが、集いのある時はこの外周の縁が通路になる。光は庇や縁に遮られて等質な淡い光となって室の内奥まで浸し、毎朝母が拭き上げる柱や敷居は微光を放っていた。通り庭に沿う部屋は床板、小梁を現わした弁柄塗りの化粧天井で、その奥は棹椽天井の座敷になっているので、その上の二階は四つ間取りでも東西で六十センチばかりの段差があり、南の仕切りは置段で出入りするが北は壁になっていて、東北の納戸とは断絶している。この壁は浅黄大津の磨きで、北窓からの光で艶やかに光っていた。一階の縁部分の屋根が二階の外壁まで掛け込んでいるから窓は高く下端で九十センチ、光はこの腰壁と庇に遮られて絞られるから壁を横からなめる光の効果がよく利くのだ。一階の奥座敷の西の押入の外壁も壁で、ここは白漆喰。秋風がはるばると渡ってくる頃、御所柿の葉影が風に揺れ、葉漏日のつくりだす光の班点がその上を踊る。それをじっと見詰める子供であった。

子供の頃はよく大雪が降った。村はずれの畦道を少し南に行ったところに赤い椿の咲く野良地蔵があり、側のない井戸が草むらの中に落込んでいて、その北に土が少し盛り上がって二本の巨大な松が聳え立ち、その間を通る時峠を意識したものだが、雪起しが荒れ出すと、この二本松は轟々とうなって木の王者に見えた。見上げると宇宙と一続きの灰色の虚空を、牡丹雪が後から後からと舞い落ちてくる。烈風が終夜戸を叩き、朝起きてみると雪は一メートルほども積もって、一階と二階の隙間は細く横に伸びていて、その間に太いツララの格子が出来て、朝日を受けて透明に輝いていた。平素と異なり、包まれた空間だ。しかも内部では開放的な空間は健在で、雪あかりのせいか本を読むにも支障なく、畳は微光を放っているのだ。

春になるとまだ冷たい風が田の面を流れ、畦を埋め尽して、タネツケバナの白い花が風に靡いた。やがて空が霞み始め、伊吹山が遠く白銀に光る。スミレ、ヨモギ、ツバナ、そして夕ンポポが一面に咲くともう春は酣である。水は温かく、純黄の貝殻のようなキンポーゲの花びらの一枚一枚が風に揺れ、五月の日をはね返して輝いた。わが家の裏の畑の周りにはロウバイ、ニワウメ、白梅、ハタンキョウ、ナシ、サンシュー、モモ、紅梅、スモモが順次咲いていく。牡丹桜がむら雲のように中空に架かる頃、花壇の真下の牡丹が咲き始める。やがて咲き乱れ、濃厚な香を漂わせて悩殺されそうになる。前庭では巨大な柿が庭一杯に淡い嫩葉の影を落とし、赤黄色い柿の花が一面に散り敷く。畑の南の両端にナツメの木があったが、秋祭の頃、その小さな葉をチカチカと揺らせて空の青ににじんでいく姿がことのほか好きであった。

ケソンシティのわが家はスパニッシュ風で、縦長窓の少し暗い家であったが、南から東に廻り込んだ庭を見下ろす二階ロジアの赤茶のタイルの床は空の青に濡れていた。北寄りにはブーゲンビリアが纏いついていてつねに花ざかり、東の中央あたりに、サントールの巨木があって、ちょうど手摺のあたりで二股に分かれていたが、そこにデンドロビュウムが満開で、蘭がair plantと呼ばれる所以がよくわかった。パナイ島の山中でも、巌の上に只一輪、うす緑と緑茶に彩られたシプリペジュウムが谷から吹上げる強風に身もだえしながら咲いている姿に心を打たれた。

パナイ島では米軍が上陸してきて友軍は山に向かって前進することになったが、証拠隠滅のための時間がなくて家ぐるみ焼いたらしく、コンクリートの建物が真赤に燃え柱や梁が熔鉱炉から出たばかりの鉄のように透き通って光っていて何とも美しい眺めである。ポーのアッシャー家の没落はこの一瞬の美しさを表わすために書かれたもののようだ。私は次の二日目にもう落伍した。米も鉄カブトも捨て、銃もひとにかついでもらっていたから、まったくの丸腰、それでも古語拾遺と日本書紀だけは離さず持っていた。早く落伍したのが幸して、仲間は一小隊ほどにもなった。時は正に春、乾期で草は皆枯れて、カゲロウが立ち、椰子やマンゴーの姿を除けば故国の春そっくり。昼はジャングルに隠れて休み、夜、行軍する。迫撃砲に追われて逃げ上ったところは急峻な山また山で、はるか下方からかすかな水音が聞こえ、靄が立ち込めて水墨画さながら。満月が中天に架かり、冷たい風がうなる。孤高とはこのような心の情況ではなかろうか。やがて谷に下り、河を横切る時、ピューンと弾丸が飛んできた。こちらは皎々と月に照らされ、相手は対岸のマンゴーの暗い木蔭の中、突撃——軍曹がゲリラと格闘している間に前線を突き抜ける。ひっとらえてきた一人に情況を聞いた後、一番の意気地なしの応召兵に突き殺させた。平野一面月光で真白で、唯一の黒い影をつくっていたマンゴーの木の下であった。来る日も来る日も月光下の行軍、マニラ麻の尾根や銀合歓の疎林を歩いた。もうその頃は野宿をやめ、豚や鶏を殺して食い、米も搗いた。ついに本隊の所在が明らかになった夜、泊った民家から川へ下る尾根筋にサンパロック（メタセコイアに似ている）が一本屹立していたが、夜になると螢がびっしりとまっていて、クリスマスツリーのように光り輝いた。あるときは明るく、また暗く、まるで一斉に息づくような光の大合唱だ。山に半年ほど過ごしたある夜、歩哨に立っているとはるか下方の街が宝石のようにきらめき出した。戦争は終わったのだ。本隊に合流するため分哨を去るとき、対岸の山は機嫌が悪く荒れていた。風に吹き飛ばされそうになりながらバランスをとって、小雨とも雲の中ともつかぬ中を、尾根また尾根を歩いた。天皇がマッカーサーの下に挨拶に行かれたと聞いたのはその時である。涙が後から後から頬を伝った。

比島で会った草や木や風景は数限りもない。紙数に限りがあるから割愛するが、マニラ湾の夕焼けだけは書き留めておこう。スコール一過、洗い清められた空気が夕焼けで染められていく。茜、紫、コバルト、ひわ色――と刻々変化していく光の中で草も木も人も家も色の光の海にどっぷりと浸り切って何とも壮大、まさに天然の音楽である。

建築にとって光は材質感や色彩効果と相俟って幾何学的空間を建築にまで仕立て上げるもので

ある。光を照度にまで引きずり下ろした近代建築は大いなる誤ちを犯したのである。囲われた空間ではとかく忘却されがちな風景や気温湿度や風をもう一度取り戻さねばならない。

閉された世界で私が最初感銘を受けたのはローマのパンテオン。写真では想像もつかぬ光が堂内を包み込んでいた。ローマ風の凹凸ある格天井や比較的プレーンな壁、底光りする床の大理石模様、何にもまして頂点の光の穴の大きさ。これらが相和して円熟度と格調の高い静謐な空間を造り出しているのだ。反射廻折し、互いにぶつかり合う中で光は蕩《と》けるらしい。ミラノのサン・サティロは一向見栄えのしない外観とは裏腹に、内部の光の演出はみごとである。プランもセクションも消え失せて、温かい光と色だけがそこにある。これと対照的なのがサン・シャペル。骨組以外はすべてステンドグラスの宝石箱。四方八方から射し込む色の光が内部で互いにぶつかり合い干渉し合って光の一大交響楽を奏でている。有名なシャルトルのバラ窓など構想貧弱の感がある。

ロンシャンのノートルダムは壁が主体でその中にステンドグラスの窓をはめ込んだものだが、窓が大小さまざまで壁一面にちりばめられているから、絢爛とした光の空間になっている。壁と天井の間の細いスリットが白い光を出してよく利いている。コルビュジエはごく初期の頃から柱と壁を離すことに執念を燃やしつづけたが、それは透かす技術にも連なった。アーメダバッドの繊維会館ではルーバーも軀体から礼儀正しく切り離されて細い隙間をつくり出している。それだけではなく、ほとんどむだなスペースかと思われる室内空間も内部とも外部ともつかぬ空間になっており、わが故郷の家を思わせる。光はルーバーで濾過されて床をしっとりと光らせているではないか。同じくアーメダバッドのカーンの工業学校の方は、空間はヨーロッパのものだが丸窓から射し込む光は壁や床に当たり、再反射する中で光の質は高められていく。何処まで意図されたものかはわからぬが光の昇華は意識しているようだ。この二人の巨匠は少なくとも光を取り戻そうとし始めていたようだ。

閉された空間をつくる限り光は内部空間に限られよう。開くことによってのみ風景や風が生のままで建築に入り込めるのかもしれない。特殊条件かもしれないがモノリシックであるにかかわらず、エローラは外部に向かって開いている。西日は水平に直進し、床や壁、柱、天井をなめ、堂の深奥に達し、すべてを茜色に輝かせる。それは正しく信仰の世界で思わずひざまずきたくなる聖なる光の海だ。しかもそれは風景の中を貫き通してきた光なのである。

〈追悼〉白井さんと枝垂桜

前川　國男

前川　國男（まえかわ　くにお）　一九〇五（明治三八）年、新潟市生まれ。五歳より東京で育つ。建築家としていわば夏目漱石と見合う存在感を示す。東京文化会館（一九六一年）、熊本県立美術館（一九七七年）など、公共建築の設計と、その方法論、そしてきびしい倫理観とを通して建築界の指導的役割を果たした。一九八六年没。

朧夜の
　さくらに
　　すゞを
　　　なせつけぬ　　鏡花

……これで出来なきゃ、日本は闇よ。ふっと恢った泉鏡花先生の科白の断片を、私は胸中で呟いた。箱根国際会議場競技設計《コンペ》の審査が終わった夜だった。白井（晟一）さんと私は、何ともやりきれない気持で、二人とも仏頂面をして、黙りこくって車を走らせていた。コンペ応募案には否応なしに日本の建築家の現状が浮き彫りされていた。考えてみれば、このコンペが失敗に終わるのは当然の帰結であった。戦後、水ぶくれ状況のまま推移してきた日本の建築界に、期待をかけるほうが無理というものだった。……

　車はやがて明治神宮外苑にさしかかった。雨上がりの、生暖かい夜気のなかで、外苑の黒々とした木立のあいだに、咲きそめの桜を私は目にした。「春で、おぼろで、ご縁日」か。鏡花の一節に誘われるようにして、「京都の桜を観ようか」と、私は白井さんに声をかけた。こうして、祇園の夜桜、常照皇寺の枝垂桜と、二人とも子供のように夢中になって、京の桜を見て廻った。一九七一年春のことである。

　その後、白井さんは御自宅の庭に、一本の枝垂桜を植えられた。いい姿の桜だった。私は何となく作戦的中といった感じがしていた。というのは、陽のあるうちは狸寝入りをきめ込む白井先生を、何とか引っ張り出して、俗世の空気になじまそうというのが私の魂胆だったからである。

　惜しいことに、白井邸のその桜は数年後、一夜にして枯れてしまったと白井さんから聞いた。花には縁がないのかもしれん、などと言っていた白井さんが、今度は京都の住宅の現場に、二十本もの枝垂桜を植えるべく探していると、風の便りに聞いたのは、つい最近のことだった。

　ところが、その現場で、肝腎要の御本人が仆れてしまった。白井さんの訃報は、花を散らす一陣の強風のように私の胸中を吹き抜けた。日本の闇を見据える同行者はもはやいない。

白井晟一　道

記憶の中の小宇宙

倉俣　史朗

倉俣　史朗（くらまた　しろう）　一九三四（昭和九）年、東京生まれ。六五年、インテリアデザイナーとして自立。簡潔かつ端正な線で、クラマタ調と呼ばれた独自の有機的小宇宙を形づくった。そこには、物と物との関係を通じて、物と人との関わりを問い直す知的な洞察が秘められている。「ガウディは嫌い」という一言が、彼の感覚と作品の質とを明かしている。一九九一年、早逝。

私は地上数拾メートルの空中をボートのようなものに乗り、爽やかな陽差しの中を音も無く定まった速度で滑るように浮動しながら、未だ開かれていない冬の原野を少し身をのりだしながら俯瞰していた。

するとその地面の一画が耕され建築の礎みたいなものが点々と配置されているのが見えた時、突然、私の後から男の声で、「いつの日か、あの土地でお前が生まれる」と。そう言われてみると自分が生まれた家の地形に似ていると思いつつ通過しボートは小高い丘の上に着き、声の主は再びこの丘は神社になることを告げ、私をのこしボートと共に消えた。

これは一昨年の秋に見た夢の話です。

私は、この示された地、東京本郷の駒込に昭和九年十一月に生まれました。

コンクリートの塀に囲まれたこの百五十坪ほどの敷地に建つ家は、父の勤め先であった通称「理研」の社宅になっており、陽あたりのいい木造平家のごく平凡な住宅で、庭には椿がやたらと多く、陽を受けて、てらっと光る頑固そうな葉にも、ぼたっと落ちる花にも、あまり好感がもてず、今もって好きになれない花のひとつです。

裏木戸から通じ地続きになっている理化学研究所は、五十棟を越す研究所や工場・倉庫をその広大な敷地に配し、ヴィタミン剤や合成酒、アルミニューム、仁科博士の原子力に至るまで、実に多岐にわたり研究と生産をしており、その構内は所により薬品の鼻を突くような強い匂いが充満し、排液は目に滲み、工場から工場に渡る配管からは蒸気や煙りが吹き、操業の音は風景を圧していた。何かスリリングであったこれらの工場地帯とは対照的に静寂な研究室は謎に満ち、近づくのが憚られた。

そして野積みされている各種色とりどりの厖大な薬瓶、進行中の建築の現場、砂、石、煉瓦や木材の山……この混沌としたミステリアスな広大な空間は木戸御免の子供の私にとってまさに天国であった。

なかでも構内の片隅にある大工の棟梁〈セキ〉さんのトタン掛けの仕事場には実に足しげく通った。背が高く少し腰の曲った白髪まじりの痩せぎすの体に汗と木の香りが滲みこんだ印半纏がよく似合った、温厚な人柄のこの棟梁は、木の落としや、積木のように木取ったものや、鎹、半端な金物を私にとっておいてくれた。電気工具のなかった時代の仕事場は静かでのんびりとしていて、私は彼の手際に見惚れながらここでよく遊んだ。

或る日、ここで見た複雑に交差する線が青地に白く、くっきりと画かれた「青写真」に強烈なショックを受け魅了されてしまった。私はこのかくも美しく、そして知的に思えた崇高なもの故に、大工になることへの憧れをあっさり捨て、このようなものを画くことの出来る建築家になることを夢想し続けた。

父はセキさんのところに私が出入りすることを知ってか、八歳の誕生日に子供用の大工道具一式をプレゼントしてくれ、兄は黒檀の縁の廻ったニス塗の三角定規と中古の本格的なコンパスをくれた。これは疎開先でも愛用し、自慢のものだった。

休日、晴れていて機嫌がいいと、遅い朝食のあと父は私を散歩の連れにして自分の事務室のある二号館に向かった。

裏木戸から椎の大木の下を抜け、まだ眠っているような倉庫の前を通り、石炭殻の敷きつめられた路に出ると、普段の日とは違い人も車もなく動くものが見あたらない路上は、やっと重力の均衡をとりもどしたかのように安定し、風景は解放と休息を満喫しキラキラと輝いて見えた。私は人々が去り、まだその余韻が心なしか感じられる静まった空間がこの頃から好きだった。

路の右側に辛気くさい八ツ手に囲まれたコンクリート三階建ての研究室二十三号館がある。

この屈折したような建築にそって曲ると、八ッ手の繁みの中に友達と建てた半坪ほどのレンガ造りの隠家があり、これを父に見つかりはしないかと案ずる反面、秘密という感覚が少し一人前の気分にもさせてくれた。

東洋文庫の裏手にあたる路を真すぐ行きボイラー室の前を過ぎると一、二号館に出会う。石炭殻の路が急に終わり、とりすましたアスファルトの路に突きあたると銀杏や西洋樅の大樹が並び風景は工場地帯と一変して重くなる。

正門の正面に位置したところに五階建ての二号館がありその一階に父の事務室がある。右のテニスコートからのんびりした球の音が聞こえる玄関を入り、私の背丈ではとどかないところの受付の窓口を右に見ながら階段を二、三段上り、大きな硝子のドアを押して中に進むと艶の消えた白っぽい大理石の床があり、ドアを開ける鍵の音までが反響する高い天井、薄暗く夏でも冷やっとする長い廊下が続く。この廊下の突きあたりの型押し硝子にデフォルメされた外の樹の葉がうつる。その青い葉を透かして陽の光が薄暗い廊下を少し照らす。それはちょうど大きな万華鏡の中にいるようで美しく思った。私はこの時間が水平に保たれているような、時が静かに宿っているような空間が大好きだった。それは少し人気のない学校の理科の教室の、あの湿度があり斜めからさしこむ光をもって成立するような空間感覚にも近しいかもしれない。

そして私は、この空間に「西洋」を感じ、時折り飲むココアの香りにあわせて西洋を空想した。そして私は今でもこの二号館の空間こそ最初に出会った西洋だと思っている。私は小学校二年生の終わりに疎開へ行く日まで、この理研という広大な小宇宙の隅から隅、裏から裏へと縦横無尽に走り、遊び、探索を続けた。

西洋を空想し、建築家を夢想したこの空間の匂いも、音も、全ての形も、人々の声も、草も樹もその記憶は微細をもって私の中に常に在る。

しかし、記憶は想像と夢想のもとで変曲し増幅され、真実から遠くはなれ歪んだものになっているかもしれない。そしてその歪んだ産物の嘘もいつしか現実になってしまっている。しかし、その嘘も、真実も、ともに自分が生きたものであり、自分自身のものであることに変わりはない。私にとって見た夢の体験も含めて記憶は無限の宇宙を構成している。

「南まわり」の視点——文化の歴史と主体性——

河原　一郎

河原　一郎（かわはら　いちろう）　一九二六（大正一五）年、松本市に生まれ、東京で育つ。建築界では昔、「二工」（東大第二工学部建築学科）の出といえば本郷（東大主流）と較べ、野党派と目された。河原もそのひとり。前川に師事、晴海高層アパートなど担当ののち、イタリア留学。帰国後、法政大学に迎えられた。彼は東京を江戸の遺産とみなし、その鑑に照して、近代化の歪みをただす仕事にかけた。

私たちはヨーロッパ中心の歴史観をのりこえようとしている。そして、ものを作り、生きていくための創造性と文化の主体性を確立したいと思っている。ここでは、私自身のいままでの遍歴と現地調査を分析し理論化するために、一つの仮説をたてて、たしかめてみたいと思う。

支配的文化と一般的文化の交流と展開

もう二十七年前のことになるが、前川國男先生の下で建築の手ほどきを受けてから、私は三十四歳の時（一九六〇年）にイタリア留学の旅に出た。その時私は、南まわりの船で、アジアにおける大英帝国の拠点を点々とめぐりながら、ヨーロッパに向かった。

当時はまだ戦後間もなかったので、香港では、あのぴんと尾鰭を張ったように帆をひろげた無数のジャンクが、イギリスのどす黒い軍艦の間を誇らかに走っていた。香港島の丘の斜面には華僑の煉瓦造りの街がへばりつき、裏の入江を水上生活者の舟がボーフラのように埋めつくし、どんよりと光る油が水面を被っていた。シンガポールでは、海岸の水の中に柱をたて家を造って住んでいる原住民と、陸地の煉瓦造の華僑の街と、緑の丘の上に点在する英国士官の住宅のコントラスト。また海岸線に弓なりにならぶ英国風の真珠の首飾りのような街。ピンクの花を咲かした樹木の点在する、のどかな仏教の町コロンボ。近代都市ボンベイ。平らな果てしない砂漠につづくカラチの町の夜のドライヴと華僑の家の御馳走。断崖のそそりたつアデンの自由港。最後に、船がスエズをぬける間に見に行ったカイロの街とモスクの偉大さなどは、そのあとのローマをつまらない小都市に見せてしようがなかった。

真白いイタリアの客船のツーリスト・クラスには、世界中ほとんどすべての人種が集まり、一ヶ月の共同生活を過ごしたのだが、港々での支配者・被支配者の厳しい差別をみせる都市の構成とは対照的に、船の甲板の小さなプールには、墨のように黒いインドの男性と、白い愛くるしいフランスの女の子が浮かんでいたりして、カラッとした明るさが満ちあふれていた。

私は『イタリア中世都市とその広場』をテーマにして留学したので、さっそく中世都市を見て歩いた。その時の私には、それらが申し分なく結構で納得しやすいものに映ったばかりでなく、あたかも昔から自分がそこに住んでいたかのような懐かしさと、情緒的な親しみやすささすら覚えたのは何故だろうか。

しかし、それとは逆に、イタリア中世都市の中に残っているギリシャ・ローマの遺跡の円型劇場や広場を見た時の、まったく予期しなかった衝撃——その明快な開かれた空間と透明な精神、誰でも開放的に迎え入れてくれる不思議な空間を発見した時の驚きと感動——は、その後の私の一生をつらぬくテーマとなってしまった。

アテネのアクロポリスにもその後何度も立ち寄り、その度に新しい発見をしている。地中海世界があまりにも素晴らしいので、アルプスの北側の近世・近代ヨーロッパとその新しい建築には当分興味が湧いてこなかった。

けれども、このひねこびた東洋の一人の男性が、人間と人世がこんなにも素晴らしいものであるということに目がさめて、イタリアの生活にも馴れてきたころ、ぼつぼつとアルプスを越えて北の世界に入っていった。

ドイツもフランスも北欧も、はじめはまったくつまらなくて、何もないという感じであった。しかし、ハンス・シャロウン、アールト、コルビュジエなどを見始めた時、ようやく何もないところでどうやって建築を作るかという涙ぐましい努力が見えてきて、静かな共感と感動を味わうようになってきた。こうして私は近代建築の巨匠たちの仕事を理解することができたように思う。そこでは、地中海文化をどう取り入れるかということがテーマであった。ゲルマンの主体性とかいってみても、ヴァイタリティ以外に何があったのだろうか。シャロウンの建築の中に、戦争中ドイツ語の教師が、「ヒットラーのドイツではなく、ゲーテ、ベートーヴェンのドイツがあるのだよ」と教えてくれた、あのドイツがあった。これは、同じく地中海文化には属さない立場にある人間同士の共感とでもいうべきものだったのだろうか。

一方、ユダヤ系の建築家たち、たとえばウッツォン、カーン等の、自分の住んでいる土地の文化や社会と地中海文化とを結びつけるあの見事な方法は、シャロウンやアールトなどの土着の建築家たちとはまた違った形の、驚くべき抽象化と形態操作の手品のようなものであって、私はいつもあっけにとられ続けている。最近でもマイケル・グレーヴスなどの仕事は、いささか可愛らしくまた破廉恥な感じがしないでもないが、彼等白人にとってみれば、近代建築に自分たちの文化のトレード・マークを貼りつけるのがどこが悪いかということであろう。

しかし、本当は共感とか驚愕とか可愛らしいとか言っている時ではないのであろう。ルネサンスはイタリアにとっては終わりであったかもしれないが、近世ヨーロッパのルネサンス以後ののし上がり方は恐ろしいものであった。ローマ没落後、その文化を受けついだイスラムから技術・文化・生活を学んだ中世ヨーロッパが、先輩イスラムを打倒するためには、キリスト教とギリシャ・ローマが必要であった。ルネサンスはそれらの見事な統合であり、主体性確立であった。パラディオを受けついだボザールの形態操作、すなわちオーダーの方法は、科学技術の進歩による世界征覇に見合った、文化的大発明ではなかったろうか。

工業時代に入ってからのいわゆる近代建築も、大衆社会の都市と建築を目ざしはしたものの、結局ヨーロッパ的発展という目的をもった、ヨーロッパの方法であっただろう。十九世紀末のアール・ヌーヴォーも、自分たちの再生のために、イスラム・中国・日本から飽くことなく吸いとって自分のものにしてしまったし、ピカソたちパリの絵かきも、アフリカ彫刻からそのエッセンスを摑みとった。支配した文化を次々と飲み込んで、自分のものとして使ってしまうという貪欲さと胃袋の大きさとその方法とが、ヨーロッパを成功に導いたのではなかろうか。

こんなことをいつまで言っていても、ヨーロッパと日本との関係は見えてこない。しかし、私はイタリアに行ってすぐ、都市計画の国際コンペでチュニスに渡った時知り合った一人のアラブ人のことを時々考えていた。彼は自宅の戸棚の上からピストルとサーベルを取り出して見せてくれた。彼はフランス人と三回戦争をやったという独立の闘士だった。煉瓦工だけど四ヶ国語を使う。独立の時にはブールグイバ大統領を背中にのせて監獄から出てきたという写真も見せてくれた。彼は、ヨーロッパに対しわれわれは、造船でも何でもみんな技術を教えてやったが、自分たちは怠慢だったから、すっかりヨーロッパに支配されてしまったと言っていたが、その誇りと識見の高さは立派だった。

私はやがてヨーロッパと日本との関係を知るためには、イスラムを知らなければならないと考えるようになり、東南アジアから、バングラディシュ、インド、パキスタン、トルコ、エジプト、スペインなどをしらべて歩いた。イスラムはわれわれの最も理解しにくい商業と宗教の世界だが、その袋小路をもった、複雑で密集したイレギュラーな街は、世界で最も都市的な魅力のある、職業集団とモスクで構成されている町である。キリスト教、イスラム教、ユダヤ教は共通の旧約聖書を持っているから、ヨーロッパとイスラムとは近い関係にある。イスラムのことはあとで述べるが、イスラムとヨーロッパが近くても、それと日本との関係が分からない。それで私は中国に行ってみた。

中国に行って私は、はじめて自分自身に帰ることができたように思った。さすが中国はわれわれの大先生であった。私は日本・中国・イスラム・ヨーロッパの世界をようやく一望の下に見渡せるようになった。北京の故宮や民家はさすがに大文明のそれである。スケールが大きい。同時に洛陽、西安などの郊外の農村は、のどかで、しかも、構造・形態ともに遠くイタリアの農村やアールトの建築を想い起こさせるものをもっていて、印象的であった。さらに、蘇州の白壁と屋根瓦、石畳、疏水、並木道等の町並みが、スペイン南部のグラナダの町並みと同じく、妖艶な香りをただよわせているのが不思議であった。

こうして、いま私はようやくユーラシア大陸を中心にして展開する、多くの文化の見取り図を画くことができるようになった。この四百年間に過去の支配的文化をすべて受けつぎ、自分のものにしていったヨーロッパの凄さと同時に、地域に深く根を下ろしながらも意外に幅広く交流し合っている一般的文化の豊かさと国際性とを見なければならないことに気がついた。

南まわりの国際交流の中で育った日本文化

次に、それらの一般的文化が、どのようにつながっており、われわれがどこにいるかを考えてみたい。

私はかねてから、宗教建築は別にして、都市国家の都市や建築がわれわれの心を最もつよく打つものであると感じていたので、都市国家と言われる堺の港町を含む南まわりの海のルートに関心があった。それで数年前、私の所の修士の学生で中国語を勉強している古田均君と一緒にこの問題に取り組むこととなった。

今まで日本の文化は、北のシルクロードを経て中国に来た文化が、直接または朝鮮を通して流れこみ、日本のなかに定着し、沈潜し、発酵して、開花したものであると言われてきた。それに対して私たちは、日本の歴史の当初はともかくとして、その主要部分は、むしろイスラム商人がつないだ、南まわりの海のルートの国際交流の中で育った国際的文化である、という仮説をたて、論証しようとしてきた。われわれは歴史家でもなく、文献学者でもないので、独断と偏見を恐れずに、都市のプランを中心に、文献より物を手掛りにして探求するという方法をとってきた。

漢の時代にすでに中国は、ローマと南まわりのルートで交流があったと言われている。北のシルクロードは宋の時代には、もう途中の諸民族の興亡によって跡断えており、元が力づくで無理に一度それをぶちぬいたけれども、すぐにまたつまってしまったと言われている。したがって宋以後は中国の政治や文化の中心は、黄河流域から揚子江流域に移った。アラブ商人と船乗りは、早くから、アフリカ、インド、東南アジア、中国等の貿易都市をつないで活躍していた。泉州や杭州にはイスラム商人の居留地とモスクがあり、大いに繁盛していたと言われている。平安時代末に、平清盛が作った博多の〝袖の湊〟にも、イスラム商人が来ていたといわれるが、当然ありうることであろう。

われわれがいろいろ実例をあげて証明しようと思っているのは次のようなことである。

(一)自然発生、或いは日本独特と言われている、イレギュラーで自由なプランの中世の町や港町、また京都の町の変容はイスラムのつないだアジアの都市に似ていること。(二)先に蘇州にはグラナダの匂いがすると書いたのは、すぐ近くの泉州や杭州に、イスラムの居住区があったのだから当然のことであろう。蘇州にもイスラム商人がいたであろうこと。㈢また、先にイタリアの中世都市で、たいへん身近なものを感じたと書いたが、イスラムがわれわれの祖先にも近い所にいたとすれば当然であろうこと。㈣日本の木造建築も、中国はもちろん、ネパール、イスラム等に似たものがあり、国際的建築様式の一種といった方が良いのではないかということ。中国の古い絵図には茶室建築のような「あずまや」もたくさん見られること。㈤法隆寺の壁画と源氏物語絵巻の衣装、色彩、建築表現の違いに、すでにイスラムの影響を見出せないかということ。㈥最後に、室町文化はわが国でも最も日本的であると言われているが、それは中国だけでなくイスラム文化との交流の中で生まれたのではないかということなどである。

イスラムの商人たちは平和な商人たちであったから、それぞれの地域の社会の中にとけ込んで、目立たなかったのは当然だが、ポルトガル人が大砲を軍艦に積んで現れると情勢が一変し、戦乱の巷となった。彼らはイスラム商人の活躍した貿易都市を占拠し、砦を築いて支配した。

こういう状況のもとで、信長の安土城は劇場的大空間をもった国際的大建築であったようだし、秀吉はいちはやく、ポルトガルの方法で、淀川河口の洲の上に大坂城を築き、城下町を作って近畿を支配し、家康は武蔵野台地の突端に江戸城を構え（当時利根川も江戸湾に注いでいた）、関東全域を支配した。当時はおそらく、すでにヨーロッパ、イスラム、中国の情報は完全に手に入れていたであろうから、江戸は近世国際都市の傑作として作られた。このあと鎖国があったといわれるが、幕府の国際交流独占にもかかわらず、一般的国際的交流は結構行われていた。伊万里焼などの貿易もその一部である。したがって、江戸時代の元禄、文化文政の文化が世界とひびき合う内容をもっていたことが容易に理解できるのである。

やがて時代は明治に入っていくのであるが、私は明治に作られた、北まわり一本の国家主義的歴史観を見直してみなければいけないと思うのである。

むすび

こうして世界史における、支配的文化の実態と役割を知るとともに、地域に根を下ろした一般的文化の間では豊かな相互交流が深く行われていたことを知ることができる。文化の主体性確立とは、こういう世界の中で、どこに自分の立脚点を設定するかということであろう。

明治以後のわが国は、ヨーロッパに対抗するために、無理をして、支配的文化の歴史をつくり上げようとしてきた。それに対して、これからは、日本文化を幅広い国際的交流の中で育った国際的文化として、見直したほうが、事実にも近いし、また将来性があるのではないだろうか。

最後に、日本もそうであるように、いま懸命にヨーロッパを追いかけている開発途上国も、その過程の中で、次々と自分の身のまわりのものをこわしている。今後、情報、ハイテクの技術を使って、再び、その自然で静かで、また豊かな土地の文化を再生することができるであろうか。

冬の映画館

海野　弘

海野　弘（うんの　ひろし）　一九三九（昭和一四）年、東京生まれ。（本名＝中村新珠）。平凡社「太陽」編集長を経て、都市文化への関心を軸に評論家として自立。その、多彩な人間模様を浮き彫りにする都会への眼差しは、柔らかだが鋭い。海野弘の姿はどこか古くて小さい街に良く似合う。文化史的視点に立つ彼の建築への批評は、昨今の建築家たちには耳が痛いだろう。

なにげない街を旅するのが好きだ。先日、蒲郡に出かけた。東海道新幹線が出来て、蒲郡はそこからはずれてしまったせいか、忘れられたように閑散とした街である。

ここを訪ねたのは、クラシック・ホテルの旅という企画があって、一九三四年につくられた蒲郡ホテルに泊るためであった。ホテルは海岸にあって、外観は和洋折衷で、インテリアはアール・デコ風という楽しいものであった。でもせっかく蒲郡に来たのだから、街をぶらついてみたいと私は思った。

観光旅行に来た人は、鉄道の南側の海岸を遊歩するだろうが、北側の蒲郡の街をわざわざ見る人はいないだろう。昼間の大通りはあまり人がいなかった。鋸歯状の屋根がつづく木造の工場があったりする。ここは戦前から織維業の街なのだ。私は図書館の方に歩いていった。四つ角に古い映画館があった。古いといっても、戦後のもので、ほとんど装飾がない殺風景な建物なのだが、私が子どもの頃通った映画館に似ている。私の知っているその映画館はやがてスーパー・マーケットになり、じきに建てかえられてしまった。この蒲郡の映画館は、五〇年代の雰囲気のまんまのこっている。私はうれしくなってしまった。

しばらくその前をうろうろしているうちに、張紙に気づいた。そこには「冬期の間は、土日だけ営業します」とあった。十二月から二月ごろまで、この映画館は土日しか開いていないのだ。冬にはあまり客がいないので、暖房費も出ないほどだということであろうか。ウィークデイは、若い人たちは名古屋の方につとめに出ていて、街がガランとしているのかもしれない。土日しか映画を上映していないことがわかると、私には余計、蒲郡が淋しく感じられた。

それから図書館に寄って、蒲郡の近代史を駆け足で調べてメモをとった。一九三〇年代に繊維と観光の街としてにぎわっていたようだ。三〇年代のモダン建築として当時を伝えているのは、蒲郡ホテルと三河織物工業協同組合の建物ぐらいであるようだ。私は三河織物のビルをさがした。ありがたいことにそっくりのこっている。一九三五年につくられたものである。

夕ぐれになり、いくらか寒々としてきた通りを、私は歩きまわっていた。どういうわけか、冬に土日しかやっていない映画館のことがずっと気になっていて、メランコリックな気分だった。そのうち、日曜だけになって、やがて映画館がなくなってしまうだろう。映画館がどんどん少なくなってゆく。あの映画館はだれが建てたのだろう。映画館をつくった人々の名はほとんどのこっていないのだ。そして映画館がなくなることは、この街がまた淋しくなることなのだ。私と同じように、あの映画館に通っていた人たちが踏んだ、じめじめした床や、闇の中で明滅していたスクリーンや私たちが生きた幻影の物語は消えてしまうのである。

都市や建築について考えようとして、私はあの冬の映画館のことを思い浮かべる。無名のなにげない建物である。しかし私は建築を有名から無名にいたる位階によって大事にしているわけではない。私にとってなつかしい建築、私にとって親しい建築を私は愛しているのだ。それは建築の構造や意匠の見事さに指示されてはいない。私がそこにたたえた闇、ぼんやりした追憶のまたたきがその建築をつくっているのだ。

私の〈建築〉は、時には現実の建築が失われても、記憶として保存されている。それは建築家の手を離れて、私の記憶の中で変容し、つくりかえられている。

では建築家とはなにか。建築をつくるのは建築家なのか、都市をつくるのは建築家なのか。都市や建築は建築家によってつくられる。彼は専門家であり、一人の都市生活者である私は素人にすぎない。建築家は都市を計画し、建築をつくり、全能の神々のようにふるまっている。しかし彼のつくる都市や建築は、私が追憶のうちに保持する〈都市〉や〈建築〉とはずいぶんちがっているようだ。

私たちは建築家を時に巨人のように思う。私たちは彼のつくった街におとなしく住まわせてもらうだけだ。しかし時には、建築家は限りなく卑小に見える。権力や体制の巨大な影の下では、建築家は奴隷の工人にすぎないのだ。人々は建築家に、都市や建築を本当につくっているのはおまえではない、おまえは影にすぎないということができるだろう。

建築家は、排除する者である。なぜなら、建てることは、それまであったものを取り壊すことだからだ。新しい建設は、私の古い建築を失わせる。建築家の街は〈私の街〉の廃墟の上に築かれるのである。

しかし、建築家は体制と私的な都市生活者の間の仲裁者であるかもしれない。彼は両義的に生きなければならない。極小から極大へと揺れ動きながら、時に壮大な都市計画を夢見、時に私的な家をつくろうとするのだ。彼は両極のどれにも属しているわけではなく、外から来る人である。彼は大いなる依頼者に呼ばれてやってきて、その指示に従って建設するが、その具体的な部分において、失われた私の建築との絆を回復する。

建築家がイメージしてつくる、硬質で、実体的、機能的な建築と、私たちが生の体験の織物に織りだす幻影のような建物の思い出ははるかに離れている。建築について語ることばはその長い道を旅していかなければならないだろう。批評は政治学から詩学へ越境するのである。しかし私の建築へのことばはしばしば二つに引き裂かれてしまう。

ウラジーミル・ナボコフの小説をジョン・ゴールドシュミットが映画化した『マーシェン

カ』は、一九二四年のベルリンにいたロシアの亡命者たちを描いている。記憶の光で包まれたロシアの風景の魅惑、そしてベルリン駅のぼんやりとかすんだような、流浪の哀しみを漂わせる光景が胸をしめつけるようだ。私はちょうどロシア・アヴァンギャルド展「芸術と革命Ⅱ」（池袋西武美術館）で、埋もれてしまった多くの都市や建築のプランを見たばかりであった。消えてしまった建築、ついにつくられなかった街を半世紀もたってからたどるのはなんという不思議な体験だろうか。ロシア・アヴァンギャルドの建築こそ、芸術と革命の間を、詩学と政治学の間を悲劇的に揺れ動いているのだ。

『マーシェンカ』の中で私を射たベルリン駅の映像は、いったいなんだったろうか。あれは建築家がつくったものであったろうか、または映画監督の発見したシーンなのだろうか、それともこの駅を通過し、この駅で無数の別れと出会いをくりかえしてきた人々の、さまざまな想いがつくりだした靄なのだろうか。

駅というメカニックな建造物が、いかにして鉄と石とコンクリートの硬さから、ほとんど重さを持たない〈駅〉という光の靄になっていくのであろうか。その錬金術に私は見とれてしまうのである。

『マーシェンカ』で、亡命者たちがいる古びたベルリンの下宿。古い写真やスーヴェニールが並べられた机の上、ヤニ色の羽目板や手すり、錆びた金具などに落ちている腐蝕の文様、私が目をとめる〈建築〉はこのようなディテイルなのだ。建築家たちのつくろうとする街や家々とのあまりのずれに、私はうまくことばをつなぐことができない。建築家は形をつくりだそうとし、私は形を失ったもの、消え去っていくものをとどめようとあがいているのだ。

私は新しい街で批評の失語症となり、ことばの糸口を見つけられないでいる。巨大な駅の白銀のクロームメッキのエスカレーターに乗ろうとせず、片わらの階段をあやうげに上ろうとしているおじいさんと男の子がいた。その小さな子は、けなげにおじいさんを支えていた。私は彼らが上りきるまでエスカレーターに踏みだせないでいた。

建築家と、階段を上っていった二人について記録しようとする私はいつか出会うことがあるだろうか。私の批評のことばは建築家にとどくことがあるだろうか。しかし私はやはり旅をしていくだろう。限りなく硬質で、私をはねかえしてしまう都市から、形のない、微妙になめされている都市のほのぐらい記憶の織物にたどりつくまで旅をつづけることしか私にはできないのだから。

私は都市について語り、そのことの不可能さに恥じいってしまう。壮麗な千の塔の都市にあこがれつつ、貧しき地下の都市しか私のものではないのだ。私の知っている街は、多くの悲しみにみちているが、そこに生きつづけている人々が私を勇気づける。私にできるのは、あの階段を上っていった人々のいたことを、冬には土日しか上映しない映画館のあったことを記しておくことだけなのである。そのことはほとんど無意味のようにも思えるのであるが、私はそのためにこそ旅をしているのだ。

私は都市について語る。しかし冬の映画館を毎日開くことができないことに、失望する。私はそれを開くための批評のことばを持っていないのだ。だがしばらくすると再び、私はあの冬の映画館を見に旅に出たくなる。なにより私はそれが好きなのだ。

伝統拘泥事情

中村　錦平

中村　錦平（なかむら　きんぺい）　一九三五（昭和一〇）年、石川県生まれ。出自は九谷焼窯元だが、伝統墨守になじめず、陶芸の前線をめざす。インターナショナルな視点に立つ中村の反骨精神が、自ら「東京焼」と称する作品群を生む。中村錦平の建築的スケールを持つ仕事には、しかし、どこか壮大な「廃墟」の相が透視される。同世代の磯崎新と通じる刻印かもしれない。

十月に個展を控えて、いま仕事を完成させようとしている。その合間をぬって書く「内的風景」は、個展とやきものの周辺のことになってしまう。

今回の個展のタイトルは「陶・中村錦平展——日本趣味解題」というのに決めようかと思う。「陶」と附したのは、やきものへのこだわりを中心に発表したいと考えたからだ。サブタイトルの謂は、日本趣味とでも名づけたいものを中心テーマにして造形しようとすることによる。ここでいう日本趣味は自己流の呼び方なので、その事由を少々説明しなければならない。

いまブームめいたものの中にあるとはいえ、日本陶芸の主潮たるや、四百年も経た桃山や江戸のやきもの美学の踏襲にすぎないとボクは見る。したがって伝統のあと追いに執着しているのによく出くわす。しかしいかに畏敬したところで、それが創出され、エポックを導き出したそれぞれの「時代の必然」といったものの追体験が不可能なことゆえ、オリジナルの陵駕も不可能で、追随に堕し、亜流に終わる。そのうえ芸術を志向するにしては「現在」が稀薄になる、という致命的弱点をもつ。その稀薄な部分に、とでもいおうか、必ずや、通俗的なまがいもので下手——キッチュな気配を入りこませてしまう。

ボクはそうした伝統のあと追いより、むしろ伝統継承にまつわって入り込む、キッチュ化現象と、キッチュそのものに惹かれてしまう。どうも、いまという時代が共感を増幅させるようでもあって、これは「時代の必然」なのかもしれない。そしてその状況は、陶芸ばかりでなく、活花、盆栽、盆景、根付、島台そして俳句など、歴史をもつわりには軽視されているようなものが、共通してそれを持っている。それらは日本的通俗性と土着性が嚙み合うことによって、生命のエロティシズムと、生活の底にある濁りの部分に触れてくる。それは幻影なのかもしれないが、いぜんとして日本人の大方の心をゆさぶる力があるのは否定しがたい事実だ。ボクにとっては看過できない対象で、これぞ日本趣味と呼べるものと思う。その解題としてのやきものを焼いてみたい。

いっぽう現在、アートの状況はと見ると、ひとつの様式を持たない、持ちえないようである。結果として、さまざまの様式をないまぜにするのをもって様式としている。また、次の時代を読まない、読みえない。そのせいか過去を振り返ろうとする。ボクもそれに共感するし、その枠をはみだせない一人でもあることを白状する。そういう状況の中で想い至った方法が、右に述べた日本趣味を支えてきた諸要件を、あえてないまぜにすることによって造形し、近未来から現在を、それもレトロスペクティヴに振り返って、読んでみようとすることであった。

因みにその諸要件として興味をもったものを次に列挙する。＊自然物、木・石・鳥などを主たるモチーフにする。それらのコピーを繰り返して疑似小自然、実像っぽいものの集合による虚構を造る。＊「先ず形態ありき」とは逆に、細部やマチエールにこだわり、その積み重ねによって、造形に至らしめる。（因みにやきものほど、一度の窯で豊富なマチエールをどーんと生み出してくれるものは他にない）＊材質感を重要視する。＊見立てる、取り合わせる、に趣向をこらす。＊飾る。しかもキンキラキンに饒舌に。日本人の「飾る」こと好きにとって、美しいことは必須条件ではない。空間を多種かつ多様に埋め込むことが執着事項なのだ。＊直観的、連続的即興性を土——何でも見たもの、感じたものを気軽に形造れる可能性は他に類をみない特性とみるが——に託す。

ボクのいまの感覚で、その諸要件を聚合させ、この時代に切り込んでゆこうという目論見なのである。その際、利休のわびさびや、柳宗悦の他力による用の美などといった、評価の定まったものを鵜呑みにするのを避けたい。定評はややもすれば、伝統の読みを狭小で一色にしかねない。何か別の視点を導入して、伝承からの少し違った演繹になればとも思っている。

なお粘土は宅配便のビニール袋入り、掘り出し場所不詳のブレンドもの、火は200Ｖ25ｋＷの電気ガマ。そのほうが評価定まった伝統のしがらみを払拭しやすいと考えての、青山はビルの地下で制作、焼成した新東京焼、というわけだ。

今回の個展はボクにとって、六〇年代から七〇年代初にかけて、アメリカから蒙ったカルチュラルショックからの、回復の終極の処方という意味をもっている。ただ、伝統、しかもキッチュな面をモチーフにするがゆえのこの処方箋の不安部分は、かつてアメリカで感動したような創出のパワーを自分のものにも出しうるか、ということと、伝統畏敬の日本陶芸の大勢――一般社会の動きから離れて、愛陶家の求めに対応よろしく、洗練と技法の展開にはまり込む――になるのではあるまいか、ということだ。ともかく伝統をモチーフにすることは、諸刃の剣を取り込むことではある。

じつは一九六四年東京オリンピックの年、現代国際陶芸展というのが催され、ボクは多くを学ぶきっかけを摑んだ。その時はじめて日本国にまみえた、アメリカンセラミックアートの独創力と活力は、ボクら当時のやきもの新世代の一部に大変な衝撃を与えて、ゆさぶったのであった。日米あいまみえての比較結果も、共催者の一人、朝日新聞の「日本陶芸、敗れたり」の自己批判であった。

当時アメリカへは簡単に行ける時代でなかったが、一九六九年、ようやくロックフェラー財団のグランドを手にして渡るチャンスを摑んだ。一年数ヶ月の体験を経て、〈芸術新潮〉に、ボクは次のように記した。

「アメリカのやきものはロック、反戦デモ、ヒッピー、ボルノグラフィ、そしてマリファナと共にあった。一つヒッピーの現象にしてもそれへの洞察なくしてアメリカのやきものを語れない。若者による意識的感情的な既成価値への挑戦であり、不信の表明とも解釈できるものであった。ともかくアメリカのやきものはヒッピー精神と密着して呼吸し、ロックと共に踊っていた。」「こと火や土についての伝統のないことが土への驚きや感動といったものを皮肉なことに日本より絶えず新鮮なものにしている。そのことが時代の要求や造形力に支えられた場合、底ぬけに自在で魅力のあるものを生み出す。」「彼らの強みの一つは『何かがいいたくて』土を扱いだしたのであり、日本の大方の動機のようにやきものといわれるものを造ろうとして、やきものらしいものを造らねばならないといった意識がまったくない。逆に日本のは技巧は素晴しいが『何かがいいたくて』が欠如し、現代への働きかけを脆弱にしている。」（抜萃）

アメリカで蒙ったカルチュラルショックは大きく永く、それをかかえこんで日本の陶芸界に棲むことは、制作の手足を重いものにしてきた。その動きに自在性を取り戻しかけたいま、ショック回復の処方が、こともあろうに日本趣味解題などという伝統にかかわる方向であらわれてきたことに、自分で驚いている。これはどうした成行きなのであろうか。老境枯淡へのステップなのだろうか。

アインシュタインは伝統について次のように言っているそうである。「物ごとに対するわれわれの態度の多くの部分は、子供の時に環境から無意識的に吸収した意見や感情によって条件づけられる。いいかえると、われわれをして現在あらしめているものは、（遺伝的適性や能力以外に）トラディションの強力な影響力だ。その影響力に比べると、行動や確信に及ぼす意識的思索の影響力がどれほど相対的に小さいものであるか、われわれはほとんど反省していない。」（傍点筆者）

右の言葉の重さを認識しながらも、ボクは伝統には意識的思索を働かせて関わる姿勢を持ち続けていたいと考えるようになった。その理由として、たとえばアメリカンセラミックアートの流れを見てみよう。それは五〇年代後半カリフォルニアを中心に興った。その歴史は三十年ほどしか経っていない。しかしその三十年を経たいま、爛熟の気配濃く、六四年当時の有無をいわせぬパワーは影をひそめ、複雑なひねりをきかせて洗練を競うように変わってきた。ついで、わが郷里の古九谷やかのオリベの流れを見てみよう。かつて約三十年の時間で、勃興、絶頂、爛熟、そして消亡をきたした。九谷はその後に続く百年目毎ぐらいに、懐古しての再興が数回企てられていまに続く。その流れは技巧的展開を遂行するものの、アートとして創出の活力と独創性とは頭初に及ばないのである。しかし、その流れにあって、時代の必然とは何か、たとえば個性などとの葛藤を経て創出されたもののみが、流れに抗して岩頭を突出しているのを識るのである。

ボクは金沢に生まれ育った。金沢はアインシュタインが指摘する「環境から無意識的に吸収したものによって条件づけられるものの多い」街である。しかしそのことは接しようによっては、文化、伝統の転変、興亡について、強く意識させられる街でもある。そのうえボクがこの街で体験しえた大きなものは小四の時の敗戦である。その後の中、高校と、自由と理想をかかげて、疑問を社会、文化、そして己にぶつける思考習慣をえたが、それは生涯を通じて持ち続けたい。

この稿を閉じねばならないが、書いてきてあらためてひとつの感慨めいたものをいだく。金沢で家業を継いだにすぎないやきものづくりが、土というものを手にし焼くうちに、創出されるものがもつ活力に触れてめざめ、伝統の流れをみつめて、ものの衰亡を感じるという、二つの核みたいなものの間を往来する機会にめぐりあった。そして創り出すことが背負う重たさの自覚ともなった。そしてボクの内的風景描出の要ともなっている。

ピープルズ・プラン21世紀

武藤　一羊

武藤　一羊（むとう　いちよう）　一九三一（昭和六）年、東京生まれ。破防法反対闘争（一九五二）の先頭に立った全学連時代から、今のピープルズ・プラン研究所の運動に至るまで、思想家・武藤一羊の生き方は一貫している。彼は国際的に名の通った組織者《オルガナイザー》でもある。『主体と戦線』（合同出版、一九六七年）以降の硬質な思索が、この国の「第二の戦前」をどう斬るか、正念場だ。

この世界とはすごいものだなあ、と思う。なるほどこれが世紀末かとも思う。一九八九年末へむけてのほんのわずかな期間に、ベルリンの壁に穴があき、チャウセスク王朝がふきとび、いままで顔のよくみえなかった東ヨーロッパの民衆が、何百万と街頭におどりでて、自分の国をとりもどす。ペレストロイカ（改革）をきっかけに動き出し、一気にはずみをつけた「社会主義」を名乗る国々のピープルの力は、世界史が動く、といったいささか古典的な感慨をわたしのなかに喚起する。あの国、この国で革命がおこったというのとは違う。二十世紀の大部分、とくに第二次大戦後の四十年を組み立ててきた構図そのものがふきとぼうとしているのである。またその構図に支えられ、それを前提としてきた世界と時代についての認識の枠組みが崩れようとしている。同じ力は中国にもはたらいている。

動き出した力は疑いもなく解放的なものである。この力は民衆の力であるが、ただ民衆が動いたから解放的であるというのではない。ヒトラーも民衆の熱狂的支持のもとに第三帝国をうちたてた。進行中の過程はまったくそれとは無縁である。

ペレストロイカがグラスノスチ（公開）で始められたこと、そしてそれは一九五六年の中国の「百家争鳴、百花斉放」のペテン、あるいは及び腰とはちがって、社会の原則的な前提として言論の自由をときはなったこと、はさわやかだ。トロツキー・タブーをふくめてロシア革命の歴史的総括が公然たる議論のまとになる。無表情で政治アパシーにおかされていたソ連帝国に、言論がよみがえり、奪い合うように新聞が読まれ、街頭討論が始まる。無数の文化政治グループがうまれ、利益集団がうまれ、論争し、提唱し、行動する。これを解放的であるといわずに何と呼ぶべきか。

このわきたつ民衆の再生のなかで、潰れようとしているのは「社会主義」だろうか。そうなのかもしれないし、そうでないかもしれない。しかしつぶされ、一掃されつつあるのは、われわれにとってもすこしも惜しくない、いやもともと違和感のあった制度、しきたり、文化でもあった。「社会主義」を擁護するためには一緒に擁護しなければならぬように感じて、いろいろな理由を考案しなければのみこめない、いやそれでもけっしてよいとは感じられなかった何かであった。秘密警察、粛清、満場一致の決議、権力中枢の極度の秘密主義、権力が移動するごとにおこなわれる歴史の偽造、批判や異論はすべて帝国主義によるそそのかしとする説明。これらは「社会主義」と一体のものとなり、社会主義の国家的文化の原形となった。ピープルの再生によってふっとばされつつあるのがこの制度と文化であることは明らかだ。

だがそこから何が生まれるのか。始まった途方もない変化がどこに導くのか。それは誰も知らない。ことを始めた当事者たちにも知られていない。巨大な波濤は、先端が未来に開かれている。すなわち、それが崩れ落ちるのを受け止める既成の遊水池はどこにもない。そのことが、このプロセスの凄さ、そしておもしろさの核心にある。

アメリカ側はわが田に水を引けると信じているふしがある。世界資本主義は、広大な永遠の遊水池、あるいは受け皿だとする尊大さが身についているのである。自由主義経済と議会制民主主義が、ついに共産主義に勝利をおさめた、社会主義と共産主義はついに破産を宣告された、とアメリカは、得意満面、宣言する。（その尻馬にのってわが自由民主党は、自由民主主義の優越を語ってみせる。だがここではさしあたり選挙で有利にはたらこうか、といった範囲のことである。）

だが、この尊大さは、ながくはもたないだろうと思う。始まったのが恐ろしい歴史的深度をもったプロセスなのに、この尊大さは、そのなかに未知のものを認めることができないからである。そしてアメリカや日本が、「放蕩息子」を抱きとろうと待ち構えている資本主義世界は、それ自身、限界をはるかに越えた肥満によって、またその肥満がけっして克服できなかった第三世界の人類の多数派の貧困と抑圧によって、おそるべき爆発力をはらんでいる世界である。

この世界に「社会主義アンシアン・レジーム」を崩壊させつつある膨大な民衆の力がなだれこむ。それはもはや「壁」の向こうの出来事ではない。世界資本主義は「壁」に保護されることなく世界大で、それ自身に向き合う。共産主義のせいにもソ連のせいにももはやできない、それ自身の歴史的な矛盾に直面する。二十一世紀にむけて、それを誰が解くことができるだろうか。

一九八九年夏、「ピープルズ・プラン21世紀」という大規模な国際プログラムが日本列島を縦断しておこなわれた。わたしの属するアジア太平洋資料センターが最初の呼びかけをおこない、労働運動から女性たちの運動、またアイヌの運動、生協運動から農民団体までが、ゆるい連合を組んで、アジア太平洋を中心に二八〇人の国外の運動者とともに一八の国際会議をつぎつぎに開いた。アジア太平洋を中心にではあるが、二十一世紀を民衆＝ピープルの側がどのように構想するか、そのため日本を含むアジア太平洋をどのように、誰の力で変革するかを打ち出そうという試みであった。

さまざまな国際会議からの結論は水俣にもちよられ、総括がおこなわれた。そして「水俣宣言」が採択された。この宣言は、いまから読み返してみて、かなり息の長いものだと感じられる。それは六月の天安門事件の後ではあるが、東ヨーロッパの激動とそれに続く大変動に先立つものである。だが二十一世紀に向けて、世界的にひとつの領域に合流した矛盾を「誰がいかに」解決するかという右にのべた大問題に、大胆な回答をあえてこころみたのである。

「水俣宣言」は二十世紀の「進歩」と「開発」——これが世界資本主義の産物でもあり理想でもある——が、環境の面でも、第三世界と世界資本主義の中枢との貧富の格差の拡大の面でも、社会関係の分野でも、文化の分野でも、絶対的なゆきづまりにきていることを、今日の現実のなかから煮詰めることで、はっきりと描き出した。そして、それにたいするまったくあたらしい「進歩」や「発展」のパラダイムが必要であることを明らかにした。そうしたパラダイムは、加速される破壊的な「開発」への抵抗のなかにはらまれていて、それを全面化することで、オルタナティヴな世界をかちとることができる、と問題をたてた。水俣の患者運動のリーダーである浜本二徳さんの「じゃなかしゃば」(こうでない世界)という予言的な言葉が、アジア太平洋の参加者すべてのものになった。

だが「誰が、いかにして」、「じゃなかしゃば」をもたらしうるのか。水俣宣言の回答は、「世界の民衆」というものであるが、同時にこの世界民衆は、既成のものとして存在するわけではないと考えられている。世界が資本の手によって緊密に、しかも位階的に結合されているなかで、もっとも重要な決定は、第三世界の国家の外でおこなわれる。そのとき、その決定に影響される民衆は、国境を越えて、決定中枢そのものにたいして介入する新しい普遍的権利を有する、と宣言はうたいあげた。民衆は、国家を越え、地域や階層や文化による分断を越えて、すなわち「越境」して、相互作用にはいり、そのなかで、「現存する分断、とくに南北に住む民衆の分断を乗り越えるあたらしい『ピープル』が「次第に成長発展」すると考えた。このようにしてつくりあげられる連合を、宣言は「希望の連合」と呼んだ。そしてそのなかに、「社会主義」世界におけるピープルの再生を位置づけたのである。宣言は言う。

社会主義諸国における改革は、東西の分裂を克服し、世界大の規模で真に民主主義的な権力を確立しようとしている社会主義諸国の兄弟姉妹たちとあたらしい連合をつくる機会をうみ出している。

米ソ二大帝国によって分割された戦後世界が崩れるなかで、われわれは二十一世紀に入る。抑圧的秩序であるにせよ、二つの帝国は戦後世界の秩序の担保者であったので、この旧秩序の崩壊は、やはりパンドラの箱を開けることになる。そこからは、あらゆる化け物もまた現れる。

目の前にある抑圧的で唾棄すべき「社会主義」をふりすてるなかで、こちらではもう絶対的限界にたっしている資本主義、とくにニッポン資本主義への幻想が、ひとびとの想像力をとらえる。民族的ショーヴィニズムも復活する。世界的に一見収拾不可能にみえるウチゲバ状況が拡がるかもしれない。そして、解放のためにたたかう第三世界の民衆は、かつてのように、ソ連帝国編入の危険はまぬがれるものの、米国の介入にたいしてソ連帝国の支持をあてにすることはできなくなる。第三世界は短期的には苦難の時期であろう。

新たな秩序を、二大帝国の構造をあてにして、また一般的に国家をたよりにして、獲得することは不可能なことが次第に明確になってゆくだろう。国境と集団間の境界を越えた民衆の自発的に造り上げる秩序によらなければ、秩序一般の再建ができないという時代にわれわれは急速に入りこみつつあるとわたしは思う。それがパンドラの箱に残る「希望」にほかならない。

しかしそれはどえらい希望である。

水俣宣言と「ピープルズ・プラン21世紀」の詳細については、雑誌〈世界から〉36号、「ピープルズ・プラン21世紀」報告集参照。いずれも東京都千代田区神田神保町一―三〇　正光ビル　アジア太平洋資料センター（電話〇三―三二九一―五九〇一）

コンドルセの墓

北沢 恒彦

北沢　恒彦（きたざわ　つねひこ）　一九三四（昭和九）年、京都市生まれ。高校時代、朝鮮戦争下の反戦運動で逮捕歴。同志社大学卒業後、出世をしない約束で京都市中小企業指導所に勤め、清水焼や西陣の職人、旦那衆と付き合う。鶴見俊輔に私淑、「思想の科学」、「ベ平連」の活動を支えた。北沢は『方法としての現場』（社会評論社、一九七四年）以来つねに生活者の思想に立つ。一九九九年没。

フェルジナン・ビュイッソンという人の手になるコンドルセのアンソロジーに次のような一節があり、目を引きつけられた。

「モンテスキューが『法の精神』の中で、問題としている諸法の正と不正について語らず、ただ諸法の動機と彼がみなすものについてのみ語るのはどうしたわけか、諸法が合法権力の流出であるとして、なぜ彼はその間に不正な法と正義にかなう法を識別する原理を設定しなかったのか」(Observation sur le 29 e livre de l'Esprit des Lois, 1780)

これはいうまでもなく、モンテスキューが、法にはそれぞれの「風土」があるとする、いわゆる「法の風土論」への批判を含むと思われる。この個所に私が目を引かれたのは実は「動機」がある。この春、宮内嘉久に誘われて、「現代史における前川國男の位置」というシンポジウムに出たとき、同席のパネラーの一人長谷川堯氏がやりとりの中で「前川國男を一個のヴァナキュラーと看做すほうがよい」という意味のことをいった。このヴァナキュラーというのがわからなかったので質問すると、もう一人のパネラー・鈴木博之氏が懇切に説明してくれた。Vernaculer の字義は「お国自慢」というときの「国」とか「自国」とかにあたるものらしい。建築思想としては建物を設計するとき、その「場所」の特性を最大限に考慮すること、いわば場所にしばられた思想とごくおおざっぱに理解してそうへだたりはないようである。となると、これはモンテスキューの「法の風土論」とよく似てくる。ぼくのなじみのある前川國男建築は京都会館だけだが、この建物のひろやかな中庭に座ってみると東山がごく自然な借景としてとりいれられていて、「なるほど、前川國男も一個のヴァナキュラーであるわい」とごく円満に心に収まってこぬでもない。しかし、ただ円満だけではわざわざヴァナキュラーと強調する意味はなさそうである。コンドルセの先の断片に目をひかれたのは、シンポジウム以来心にあったこの自問のせいである。

コンドルセの断片が私に刺激的なのは、少なくとも二つの理由がある。一つはフランス革命の揺籃期からすでに今なおアクチュアルな二つの流れが青ナイルと白ナイルのように交差し、むつぼれ飛沫をあげていたということだ。法律の学生ならずとも、近代法の始祖として「三権分立」のモンテスキューの名を知らぬものはそうあるまい。いうならヴァナキュラーの要素をはなから近代から排除して、それを「越えた」ということには危ないところがあるのである。

第二は法的正義と不正を分かつ原理を定立せよという、いささか「正義」にうんざりしている大人にとって、はた迷惑で「青臭い」コンドルセの動機批判のそもそもの「動機」は何かというパラドクスである。コンドルセは二十二歳のとき科学アカデミーに提出した「積分論」で、試問官ダランベールを魅了し、以来魅了し続けた天才的な数学者である。このことからも予想できるように彼にはギリシャの幾何学精神に対する熱烈な愛があった。幾何学精神は普遍的原理によって構成できる真偽判明な世界である。コンドルセなしにフランス革命の諸理念の構成はなかったといわれるように、革命への献身とギリシャへの愛はないあわされて生涯彼において変わらない。それは彼の遺著『人間精神の進歩についての歴史的考察素描』にも鮮明だし、マルクスもいってるようにジャコバン派を含む革命派にとってギリシャの古代的民主制への憧憬が主調をなしていたことを思えば、この傾向は彼一人にとどまらぬ時代精神であったともいえる。しかしコンドルセの熱烈な愛は、愛の醜さを見抜き、これを根絶しようとして熱烈であったことによっても異彩を放つ。幾何学精神の土台には奴隷制があった。彼はこれに我慢できなかった。ギリシャ精神から奴隷制を引き抜くこと、フランス革命の普遍的理念とは彼にとってこのことに他ならなかったのである。

モンテスキューに対してコンドルセの求めた「不正な法と正義にかなう法とを識別する原理」とは、この「奴隷制」を置いてみるとき判明なものとなる。「奴隷制」は「風土」によって合理化できない。この「風土」だから奴隷制は正しいなどといえない。いかなる「動機」があろうと奴隷制を認める法は不正なのだ。まことに厄介なことをいう人である。しかし、このことによってモンテスキューは自足を妨げられる。ヴァナキュラーがヴァナキュラーとして呑気なものでなかったことが逆に照らしだされるのである。

宮内嘉久の書くもの、あるいは宮内嘉久と話したり、その人自身の書くものを通して私の透かし見る前川國男の肖像は、主に晩年のものではあるが、どこかこの厄介なコンドルセをいぜんとして内部に飼う人の黙しがちな余白を示しているように見える。その意味で宮内さんがせっかちに前川國男から「近代」を抹消してしまおうとすることには疑義がある。その気持はわかるが、トータルに引き抜くのは不可能な精神の形をしたしろもの、それが前川國男の「近代」だったのではあるまいか。私はそのことを一つの象徴として、コンドルセの政治的師匠であったチュルゴの姿にみたい誘惑にかられる。ルイ十六世下の財政総監にチュルゴが抜擢されたとき、この敬愛おくあたわざる百科全書派の先輩に理念実現のアンシャンレジーム下最後のチャンスを賭けて、小躍りするようにコンドルセは矢つぎばやな「助言」の手紙をチュルゴに送る。その中には、海水から真水を蒸溜する仕掛けのデッサンまであったそうだから、あたかも熱狂せるダヴィンチもかくやと思わせて愛嬌がある。「猫に小判だから、もう少し手紙をひかえてほしい」というチュルゴの返書の一つには笑いがにじんでいただろう。農業労働の無償徴発としての「労役」、これの廃止は、奴隷制とのからみでコンドルセが望んだ熱烈な項目だったことはいうまでもない。チュルゴもこれに原理的に異議あるはずもなかった。同時にチュルゴには政治家としても理論家としてもある種のヴァナキュラーといえる面もなくはなかったのである。リカードの「差額地代論」は土地の自然的生産力に差異を認めることで成り立っているが、チュルゴの「富の形成と分配の省察」(一七七六)はこれの先駆といわれる。土地は土地によってそれぞれ「地味」を異にする。これを「風土」の認識ととれば緻密なヴァナキュラーである。ケネーにはじまる「重農学派」にはこれがあったし、ケネーの弟子チュルゴにも当然あった。チュルゴは社会人としてはコンドルセなど小僧っ子にも等しいスケールの視野をもつ人だったといえるのである。彼はコンドルセが無断で配った労役廃止のパンフレットを手を尽くして事前に回収することまでやっている。このチュルゴの失脚の直接の原因は何か。労役廃止の立法である。彼はコンドルセに巻き込まれたのだろうか。コンドルセは終生このことを傷として心に抱えもっていたようである。それが彼に『人間精神の進歩についての歴史的考察素描』を書かせたエネルギーの一つの重大な原因であると思える。これとそっくり同じ題名のエスキスがチュルゴにあることからしてもこの推測はかなり確かである。コンドルセはこの中で再び奴隷解放の問題に触れて、これの実現にはその国の条件、すなわち「風土」を考慮に入れねばならぬのは当然である。ただ、重要なのは原理的方向が鮮明かどうかだと書く。これはもともとそうだったかどうかは怪しい。ともあれ、チュルゴはコンドルセに巻き込まれたのだろうか。そうではない。労役廃止の立法に持ち込もうと持ち込むまいと諸般の状況から失脚は避けられないことをチュルゴは百も承知していたのである。この腐敗し切った王国に見切りをつける瞬間に、王国よりこの若い友人が貴重であることを内外に鮮明にしたに過ぎない。「猫に小判のような」手紙の乱発をいましめ、せっかちなパンフレットの回収に追われながらもチュルゴはコンドルセを内部に飼っていたのである。何者もこれを引き抜くことはできない。

コンドルセのような人間はどういう死に方をするのか。行き倒れである。ジュール・ミシュレの『フランス革命史』十八巻第二章は「コンドルセの死」(MORT DE CONDORCET [9 AVRIL 94]) に当てられ、全巻中もっとも美しい一章といわれる。ジャコバン派の恐怖政治に押し込められたコンドルセは、累が妻子に及ぶのを避けるためにアジールから脱出の決意をする。時期は『人間精神の……』の最後の一節を書き終わった翌日が選ばれる。この論考を書くことを勧めたのは妻のソフィである。弁明に時を費やすより生涯のテーマを書き残すべきだというソフィの助言のあったことはミシュレ以外の証言もあって確かなようだ。ソフィは衣料店の奥のようなところで似顔絵を書きながらひそかにコンドルセを支えた。ソフィの客にジャコバン派が多いこともコンドルセの決断を促したであろう。労務者の姿となり『人間精神の……』の草稿とローマの詩人オラスの小さな詩集一冊をポケットに捩じ込んで彼は文字通り

「荒野」にさまよい出る。滑稽というべきか、この詩集が彼の命とりとなる。一年間の運動不足で足もなえ、よれよれになって舞い込んだ居酒屋で、ただただ食い物をむさぼればよいものを、オラスまで一緒にむさぼり読んでしまったのである。その風体とラテン語の詩集の異様な格差が店主の疑惑を生み、ブールラレーヌの牢屋にほうり込まれ、その夜に死んだ。

ジュール・ミシュレは娘のような二度めの細君にぞっこんだった人だけあって、その記述が勢い「娘のような」ソフィに傾くきらいがあったかもしれない。最近の研究書（バタンテ「コンドルセ」、一九八八）では、「脱走」の直接的理由はむしろコンドルセをかくまってくれたヴェルネ夫人に累の及ぶのを恐れてとなっていて、これの方が信ぴょう性が高い。「近く手入れがある」という匿名の手紙がこのアジール、すなわちヴェルネ夫人の下宿に投げ込まれていたのだ。ヴェルネ夫人は、見知りの学生二人からコンドルセの保護を頼まれたとき、一言こういう。"Est-il vertueux ?" 直訳すると「彼は有徳の人か」ということになるが、いってみれば「まともな人なの？」ということだろう。コンドルセを一目みて彼女はこの「人間精神」の果ての果てまで一気に見抜いてしまう。この寡婦の下宿はこのときからコンドルセの完ぺきなアジールとなるのだ。下宿には二人の協力者がいた。一人は夫人の従兄弟で幾何学者サレ。もう一人は断固としたモンタニャール派、いわばジャコバンの元数学教師で国民公会代議員補のマルコズ。マルコズはコンドルセを知っていたにちがいないが、見て見ぬ振りを貫き通した。先の匿名の投書が彼に関係するのかどうかはわかっていない。夫人は熟慮の末彼にすべてを打ち明けることにしたという。コンドルセの「脱走」の気配を感じとった夫人は立ちはだかるようにして反対する。コンドルセはサレを説得し、その日、煙草がほしいのですがと詐術を用い、夫人が嬉々として煙草屋に走る瞬間をかすめるようにサレとともに家を飛び出す。『人間精神の進歩についての歴史的考察素描』はこうして途中まで見送ったサレに託されたものである。でなければ、ブールラレーヌの牢屋で取り上げられ、抹消されたであろう。だから彼のポケットには一冊の詩集のみというのが信ぴょう性が高い。

アジールでの一見単調な日々、草稿が一区切りつくとコンドルセは夫人の居間に下りてきて、サレ、夫人、コンドルセの三人のくつろぎの「日課」がはじまる。話題にタブーはない。一切のことが話しあわれた。学問と科学が一切の有効性の手段を奪われたところで、人間精神の歴史の中でも最も密度の高い自由のインテグレーションとして働いたのである。後年、夫人はこの時のことをコンドルセの娘に繰り返し語り継ぐ。あるとき、思わず激した彼女は「貴方をこのように迫害している人間を、万一貴方が権力をとったらどう扱うつもりですか」と叫んでしまう。コンドルセはこともなげにいう。「最善を尽くすだけです」tout le biens que je pourrais、原理に従ってということなのだろう。ここにきてコンドルセが師チュルゴの人間的スケールに達していたことを伺わせる。

前川國男は晩年、「建築の不滅性」ということをよく口にしたという。いつとなく私はこれに大江健三郎の「壊れものとして人間」ということを思いあわせていた。この作品はデモで殴られて顔のへこむ人間の目で眺めた世界の話だが、しかしまさに壊れものとしての人間、このか弱い有機体に結び合わされなければ、建築の不滅性はないのである。このことを前川國男はよう く知っていたと思われる。壊れものとしてのコンドルセを前川國男のクリプトに葬らしめよ。近代もこの国にあった。超近代もこの国にあった。しかし、行き倒れたコンドルセの墓はどこにあるのか。

「コンドルセの墓はどこにあるのでしょうか。パンテオンかなあ」と関西日仏会館の図書室で、司書の西村真美子氏にきいてみた。いつも妙な借り出しをする客に慣れっこになっている西村さんは、気軽にミシュランをくって「パンテオンでもないようですね」といった。それから、館内を駈け巡って問い合わせてくれた。そのとき彼女が持ち帰ったのがバダンテの研究書である。

その六一八ページにはこうあった。

Le cimetière a disparu depuis longtemps. Nul ne sais plus où Condorcet repose.
墓はとっくに消え失せてしまった。誰もコンドルセがどこに憩っているか知らない。

参照文献

"Condorcet", par Ferdinand Buisson, Paris, Librairie Felix Alcan, 1929
Elizabeth Badinter, Robert Badinter, "Condorcet（1743－1794）", Fayard, 1988
Jule Michelet, "l'Histoire de la Revolution française" Pleiade, Gallimard
Condorcet, "l'Esquisse d'un Tableau historique de la progresse de l'Esprit humain"（facsimilé）

附記　コンドルセを調べはじめたのは、丸山真男『反動の概念』（一九五六）に触発されたことが大きい。ハンガリー動乱の余波をうけてまとめられたこの三十ページほどのエスキスの中で、私は近代が近代とあらがうものの歴史であることを教えられた。

良寛書における空間

北川　省一

北川　省一（きたがわ　せいいち）　一九一一（明治四四）年、柏崎市生まれ。東大仏文在学中、新人会の反戦ビラを安田講堂屋上から撒いて退学。兵隊にとられ、復員後、越後高田にあって、貸本業を営みながら日本共産党に参加。北川省一の真髄は詩集『石ノ詩』（昭森社、一九六〇年）一巻にある。のち良寛研究に打ち込み、良寛像を一新した。原若菜、北川フラムの父。一九九三年没。

本誌編集同人の宮内嘉久さんは、本誌の前身〈風声〉の時代からこれを毎号欠かさず私に送って下さったのではなかろうか。私はいつか宮内さん宛に、自分は建築には全く無知蒙昧の輩であって、お送り下されても些かのご利益のあろう筈もないのだから以後のご送付はご免蒙りたいとお願いしたと記憶するが、私の嘆願には依然として風馬牛であった。ところで前号（15）で、亡くなられた岩本博行さんの「無の効用」という短章が既に耄碌している私の目を射た。読者諸兄は篤とご承知であろうが、その冒頭の一節はこうであった、「建築はコンクリートや木材のような建築材料を組み合わせて作るが、本当に必要としている部分は、コンクリートや木材のような実質ではなく、そういう実質に囲まれた空間の方にある」と。

これを読み了って正直なところ私は「これある哉」と胸中で呟いた、「建築家よ、君達もか！　ここにも良寛書の徒がいた」と。岩本氏は更に書いておられた。摘記すれば「戸口や窓に穴をあけて家を作る。その何もない空間に家の有用性がある」「創造の根源は無である」「無心になる方法に禅がある、その定義は（人間の心の奥底にある無限の創造性に徹し、これに随順して生きることを禅という）」とあり、最後に「虚心にして他を聞け」とあった。

右の「他」のしんがりにある私が敢て良寛書の空間について些か述べるのを許してほしい。良寛は生涯、文字通り「無限の創造性に徹し、これに随順して（書に）生きた」。良寛書については古来「前に前なく後に後なき」「divineなもの」と最高に評価されているが、ここではスペースもないことだから二三の書幅を引いて、その空間を見て戴くにとどめる。その前にもう一言――

私のように永年良寛書を見てきた者には草書も何とか読めるが多くの人々には読めない。読めなくとも「これは良寛さが書かっしゃった物だ」と言い伝えて、当時の百姓町人達は簞笥の奥に蔵い込んだ。しつこくねだって書いて貰えば何がしか物や金でお礼したであろうが、良寛自身は金にしようと思ったことはない。良寛はおのが書を「土苴《どしょ》（ちりあくた）」と見做したと当時の学者は書いている。今にして私は思うのであるが、これは「土苴」ではなく「捨石」ではなかったかと。そしてこの「捨石」の「捨」は「喜捨」の「捨」であったと。そして良寛の捨石は今に至っても海や川の堤防となり橋脚や大黒柱の土台となり歩道の敷石となって残っていると私は信じる。

良寛には楷行草にわたって周知の名幅が多く、どれを選ぶかとなると戸惑うのであるが手近なものを引く。まず（一）の条幅を見る（左ページ）。書家の川口霽亭氏は、「無力」では虚画を巧みに用いて一字のように見せ、「下禅」の六個の点が妙趣。「今已」の横画に初ってそれをうけた三点はリズミカルな筆致。「下禅」の六つの点はやはり良寛だけが打てるものといい、

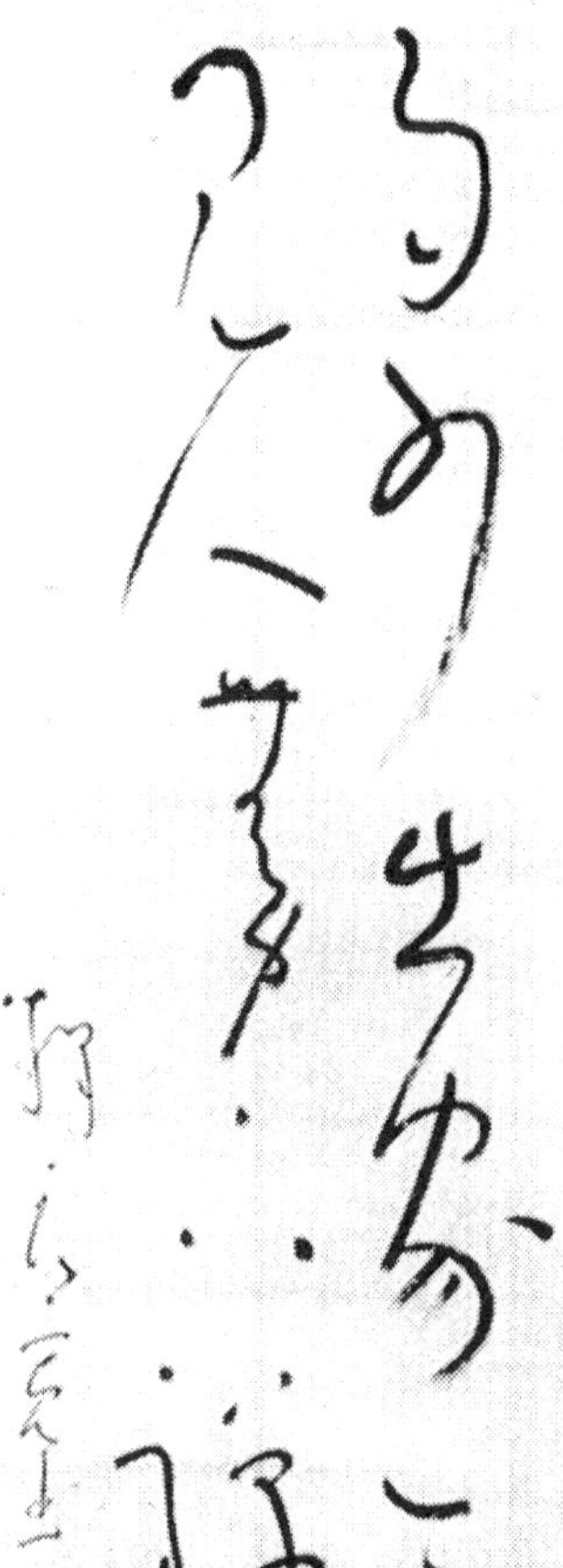

「没後百六十年良寛展」図録（良寛展開催実行委員会発行）より

（一）七言二句

自少出家今已老
見人無力下禪床
　釋良寛書

少《わか》きより出家して今已に老ゆ
人を見て禅床を下るに力なし。

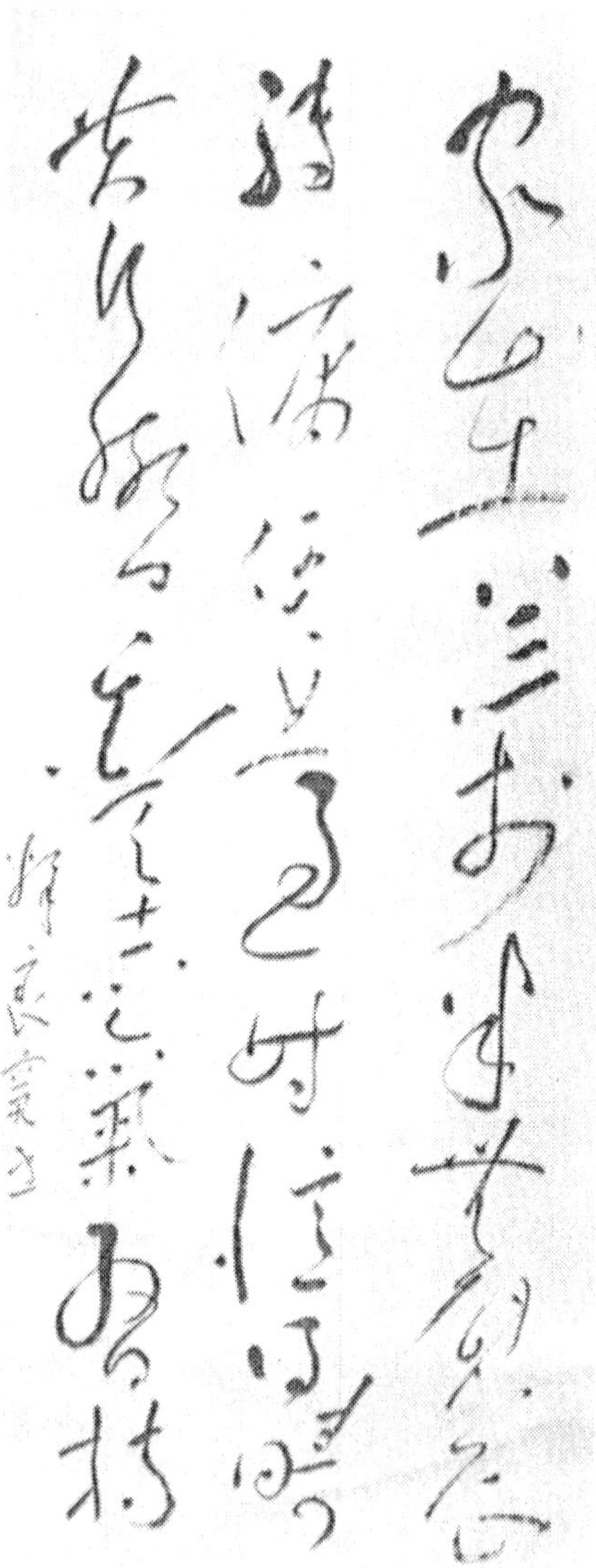

原典（一）に同じ

（二）七言絶句

家在荒村半無壁　展
轉傭賃且過時　憶得疇
昔行脚日　衝天志氣敢自持
釋良寛書

家は荒村《こうそん》に在《あ》りて　半《なか》ば壁無く
展転《てんてん》　傭賃《ようちん》して　且《しば》らく　時を過ごす。
憶《おも》い得たり　疇昔行脚《ちゅうせきあんぎゃ》の日
衝天《しょうてん》の志気　敢《あえ》て自ら持せしを。

同じく加藤僖一氏は、この点は筆を真上からプスリプスリと突きさすような書き方と評している。

古来良寛書を「点の芸術」あるいは「白の芸術」ともいう。点は線画を凝集したもので、点と点との間の空間が物をいっている。良寛書の造形美は点と無定形な曲線による抽象画ともいえる。そして点にはリズムと間《ま》と遊びがある。間のとり方には時間的なものと空間的なものがあり、「白」は余白ともいい、空間ともいう。川口氏は「優れた書は余白が巧妙にとられている」といい、「余白を作るということは、その部分に光を差し込ませることだ」という。点は空間に遊び空間を生かす。私は点画が支配する空間を「字場」と呼ぶ、磁力が支配する空間を磁場と呼ぶように。さればこの六点の字場はこの幅の秘部を包む薄絹袋の留金でもあるか。

次の(二)の幅を見る。「荒」は直線を主としたデフォルメ、「疇」の右旋回の筆致の面白さ、「志気」の十個の点の妙味などを川口氏は指摘する。三つの点と三本の横画が「荒」となり、「気」の一本の横画は三つの点となる。さて(三)に至ると全く読めない。書は絵画的なデフォルメとなる。視覚的なリズム感が良寛を魅了するのであった。この幅の初めの点五個は「頭」である。二行目の終りも「頭」である。後の「頭」が初めの「頭」に極限的に点化された時、書幅の奏でる弦楽は打楽と変わる。

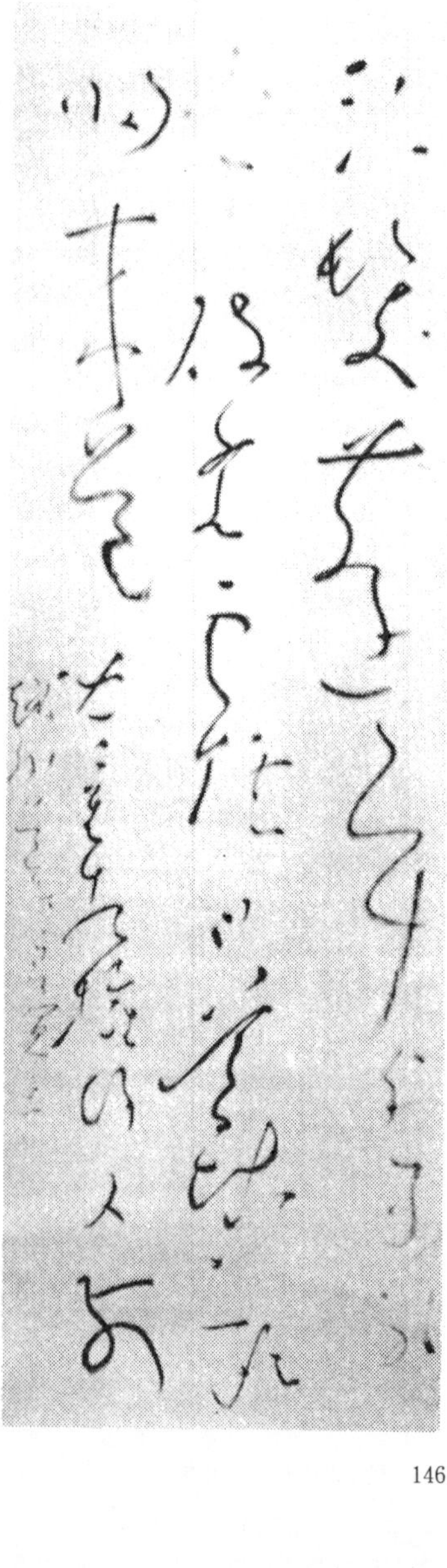

「敦井美術館・良寛遺墨」（全国良寛会発行〈良寛〉第70号）より

（三）七言絶句

頭髪蓬々耳卓朔　衲衣（脱）
半破若煙　日暮城頭
歸來道　兒童相擁後又前
越州道者良寛書

頭髪蓬々《ぼうぼう》　耳卓朔《たくさく》
衲衣　半ば破れて雲煙の若《ごと》し。
日暮　城頭　帰来の道
児童　相擁す　後又前。

さらに川口氏によれば、このように「点」による打楽的リズムと「線」に含まれた弦楽的リズムが巧妙にとり入れられた幅が（四）である、と。同氏はこう解説される、「把」の右旋回から左旋回に移るところの余白に打たれた「点」の妙、「柳」のデフォルメ、「収」の起筆のつよさと右旋回、「不」の二画目と「三つの点」の布置、「得」の余白のとられ方などと。ここでさきの加藤氏の評と対比すると興味がある。加藤氏はいう、「柳」「収」「不」はやや読みにくい草略をしている。「柳」は木偏と旁とバランスがやや崩れ、「収」は第一画の縦画が傾きすぎている。「不」は点画の間が離れすぎている。しかしそれらは誤字ではなく一行に変化と動きを出していて、良寛得意作の一つ、と。まことに「不」の字場は極限を危く踏み越えている。しかも良寛の場合、こうした例はしばしばある。そしてこれは彼の場合、ついていた手毬が時に勢い余って垣根の外に飛び出たのを笑うのと同じ心境であった。「ひとり遊びぞわれはまされる」と詠んでいる。

以上を端的に総括するならば、良寛は自らを愚といい痴といい、「しばらく痴を養う」「孤拙と疎慵と我れは出世の機に非ず」と詠んでいて、ここには勿論詩的誇張はあるが、これは書についても同様であった。彼はその書の「孤拙と疎慵」を、生涯にわたっていたわり、刻苦精進して「養生してきた」甲斐があって、かの「前に前なく後に後なき」書の高峯に登りつめる

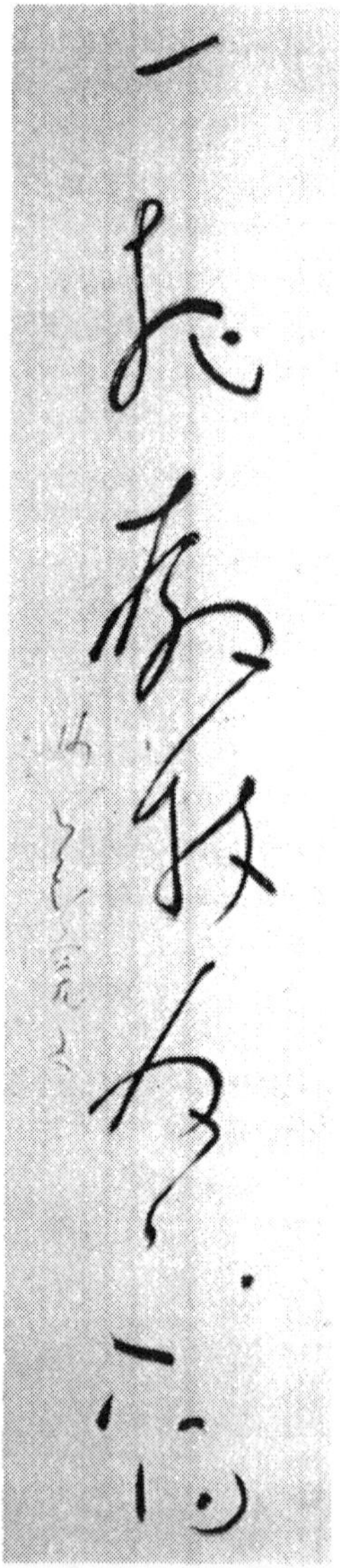

原典（一）（二）に同じ

（四）七字句

一把柳枝収不得

沙門良寛書

一把《いっぱ》の柳枝収めえず。

ことができたのである。

おわりに「書における空間」についてもう一言いい添えるならば――今は激減したが、越後の農村、特に良寛が庵居した国上《くがみ》山界隈のあぜ路には、今でも稲束を掛けて乾すはさ木(たも木)の並木が続いている。このはさ木は用途上、下枝はすべて切り払われ、くの字の長い幹が不揃いに並び、しかも幹の天辺には枝が間引きされて太いコブが出来ている。長谷川洋三氏はかつて全国良寛会の機関誌「良寛」誌上に、このたも木の景観に良寛の細楷の美との共通点を見たと書かれた。これは斬新なご指摘であったが、私もまた以前からこのはさ木の並木を透けて拡がる雪野原と雪空に良寛書の「白」の背景を見、そこに舞う夥しい「点」に降りかかる粉雪を見てきたのであった。それは文字通り「淡雪の中にたちたる三千大千世界《みちあふち》又その中にあわ雪ぞ降る」の和歌の世界だったのである。更に私ははさ木の天辺のコブに、錐揉するように蔵鋒をブっつける良寛の初筆を見たことを書き添えておく。

さて短い拙文を了るに当って――私は便宜上、手近にあった『良寛書蹟大系』(教育書籍)の中から川口霽亭、加藤僖一両氏の解説を、文字通りつまみ食いしてしまったことを深くお詫びすると共に、この小文が些かでもお役に立って、宮内氏の永年にわたるご厚意に対するほんのお礼のしるしともならば、と念ずる次第。草々。

かたちはすでに在る

小川　待子

小川　待子（おがわ　まちこ）　一九四六（昭和二一）年、札幌市生まれ。土くれが割れたような器。さり気ない形に香気あり。創りましたという力みを感じさせないところに一つの清新な世界が開かれている。これはしかし大変な力業ではないか。陶芸家・小川待子の独自性は、若き日のアフリカ経験に根があるように推測される。文化人類学者・川田順造との道行きが、彼女の手に命を与えたとも言えよう。

二十代の初めに、パリの鉱物博物館で鉱物たちを見た時、想像を超えた時間と、自然の意図によって表現された精緻な造形物の前で、私は息をのんだ。ほとんど打ちのめされたと言ってもいい。その時以来、私は鉱物に夢中になった。サハラ砂漠の砂の下深くに埋まっている「砂漠のバラ」と呼ばれる鉱石を掘り出すこと。砂漠の真ん中にある岩塩採掘場を訪れること。パリの人類博物館の付属図書館の本で知った、岩塩を積んでつくった住居を見たいという願望は、私の体力では、すべて夢のような話だったが、夫が文化人類学者だったおかげで、アルジェリアで「砂漠のバラ」を見たし、サハラ砂漠のオアシスの町、ガルダイヤを訪れることもできた。その後三年半の西アフリカの生活の間に、古くからの岩塩の交易の町であったサハラの砂の町トンブクトゥに行くこともできた。

奇怪なかたちの植物と、豊かな鉱物の産地であるブラジルを旅行したときは、リュックに化石をつめこんで持ち帰った。今年の五月、長い間の念願が叶って、スミソニアン博物館と、ニューヨークの自然史博物館を訪れることができた。パリの鉱物博物館よりも、はるかに豊富で、ディスプレイも素晴らしい化石と鉱物たちの間で、陶酔した幸せな時間を過した。もちろん、博物館の売店でパイライトやフローライト、水晶や方解石、赤銅鉱の結晶石を買いこみ、トランクに詰めて持ち帰った。

私は幼い頃から、鉱物や貝殻が好きだった。だが、そのことと、自分がヤキモノをつくる仕事を選んだことを、今まで結びつけて考えては見なかった。十六、七歳の頃、版画を習ったことがある。筆で描いた一本の線よりも、鑿を使って板の上に窪みを掘り、墨を塗って、反転して紙の上にその凹凸を写し取ってできる線が好きだった。自分の意図するものが、ある物質の条件を介して自らの意志を超えた新しい展開をして行くことの発見。ヤキモノと版画との共通点に気づいたのも、だいぶ後になってだった。

素材を使って、作家の個人的な意図を表現したり、「型をなぞるヤキモノ」をつくるのとは違う、土という素材そのものから、力と可能性を発見することを、私はいつのまにか始めていた。

三十キロくらいの重さの柔らかな磁器土の塊りを、そのまま天日に曝して乾燥させる。そして、乾燥の時に自然にできた亀裂を生かすように、なるべく大きな塊りになるように鉈で割る。可塑性のある柔らかい状態の時に、下に板を置いて段差をつけ、土自身の重みによってできる亀裂を誘発したり、部分的に水を与えて、土の表面の変化を待つなど、下準備をすることもあった。外側だけを急激に乾燥させ、内側は、やや柔らかな状態で塊りを割ることもあった。すると、外は固く割れ、内側はひきちぎられて一つのかたちの中に二つの土の表情を表現することができる。いくつかできた塊りの中から形を選んで、ナイフで余分な部分を削り取り、それをまた、身と蓋の二つに割って、内側の窪みを削り、うつわをつくる。私は、土と水分と乾燥がつくり出す土の風景をそこに見出す。

土に水を加えて、適度な柔らかさに練る。太い紐状にした土を積んでいって、尖底の、軽く口の開いたうつわをつくる。両手で持っても、変形しないくらいまで乾いた状態になった時に、その細長い鉢形のうつわに、鉈やナイフで大まかな割れ目を入れて、細部の亀裂は土にまかせて、タテに二つに割る。二つのかたちの口縁部を合わせてできた舟形のうつわの新しい縁は、左側が右側のネガティヴな形になり、私の意図しなかった新しい不規則な線が生まれる。新しいうつわの内側は、それまでの、縦長の尖底のうつわを上から覗きこんだ視点とは異なって、横長に大きく開かれた開放感のある新しい凹面に変わる。

私はまた、二つの小さい尖底形の壺をつないで、細長い木の実のような、閉じられた紡錘形をつくる。変形しないくらい乾いた所で、それを、長石、珪石の荒い粒と磁器土とを混ぜてつくった粒子の荒い土で厚く覆ってしまい、細長い方体をつくる。何日もかけて、ゆっくり乾燥させ、固く乾く一歩手前の状態で、鉈とナイフを使って、この方体を二つに割る。この作業には、うつわを半分に割る時と同じように、慎重さよりは、思い切りの良さや、大胆さが必要だ。これは、陶芸家の仕事というよりは、私の憧れる、岩を割って化石や鉱石を捜し出す仕事に近く思われて、心の躍る一瞬だ。私は、荒い土に埋まった新しいかたち、紡錘形の真半分の窪みに出会う。

粒子の荒い土に尖底の細長いうつわが埋まっているヤキモノをつくった時も、二つの異なった性質の土が乾燥・焼成の時におこす亀裂の美しさを発見した。一二〇〇度以上の熱を加えることによって、収縮と溶融温度の違う土は、重いうつわを支えきれず、うつわはそれを支えている土の塊りから剝れて、焼成中に前に倒れてくる。自然の変形と亀裂。土と土との間隙のおもしろさ。

土と私との間には対等な関係があり、私は自分がつくっているというよりも、土につくらされていると感じることがある。表現するのではなくて、すでに在るものを見つけ出すこと。余分なものを取り除いて、かたちをあらわにすること。私は、何か大きな根源的な全てを含んでいるものの一部として存在し、その大きな全体によって、私のうちにすでにかたちは仕組まれている。漠然としたそんな感覚が私のうちにある。この感覚を、私は大切にしたい。そして、いつまでも、発見し続けられる自分でありたいと思う。

天駆ける思いとともに

本間　利雄

本間　利雄（ほんま　としお）一九三一（昭和六）年、山形県生まれ。建築家の間で東北に本間あり、と認められるまでには長い辛酸があった。前川國男を核に、「設計料の入札」を拒否する少数派の会がつくられたとき（一九八〇年）、地方から唯一参加したのは本間だった。当時ようやく地域に根ざす彼の仕事、紅花資料館（一九八四年）など一連の仕事が注目され、全国的に大きな刺激を与えた。

マンサクの花が雪国の野山に春の訪れをやさしく、控え目に告げる。その淡い黄色の縮れた紐のような花びらが、澄んだ冷たい風に揺らいでいる。雪解けの頃、少年たちは連れ立って村の裏山に登った。早春譜の歌も知らない田舎の少年たちの息が弾む。

ゆるやかに流れる切れ切れの雲を背景に、風に舞うように、流されるように、鳶が飛んでいる。山峡に静かに佇む集落を見下ろしながら、少年たちはそれぞれの夢を語り合う。

すべての少年の夢をかなえ祝福するには、マンサクの花は可憐すぎる。真っ白な雪の中からのぞく黒い土が陽を受けて湯気を立ち上らせるように、少年たちの夢が天に向かって上昇し、大きく膨らむには、村はあまりにも小さい。この場所から鳶のように飛んで山を越えなければと、少年たちはその彼方に果てしなく広がる世界に思いを馳せている。

しかし空を飛び交う鳥のようにその小さな世界を眺めれば、少年たちの夢の拡がりとは裏腹に、意識しようとしまいと太古からずっと存在した自然は豊穣だった。

雪解けのころ、山深く分け入るマタギたちは熊などの獣を狩り、今年は何頭とれたと村の話題になる。春から夏にかけてはワラビやゼンマイなどの山菜が豊富にとれた。谷川の清流を上ってくる川鱒は夏の食卓をいっそう賑わした。秋の木の実や茸もまたそうである。これらの山の恵みは、厳しさと一体となった豊かな自然を物語る一面にすぎない。

自然が豊かであることは、その小さな世界の前提としか、少年の目には映っていなかった。その小さな世界の宝石のような切り子面の一つ一つに多様で広い世界の森羅万象が映し出されることを、少年が知覚できるのはずっと後のことである。

機会をみつけては、年に何度か飯豊《いいで》のブナの森を訪れている。記憶の中の少年の心に触れながら、ブナの太い幹に耳を当て、中を流れる水音に聞き入ることもある。ブナの力強さはかつて少年を励ましたように、今も心を癒してくれる。

飯豊のブナは、人里近くの標高二百五十メートルから標高千四百メートル程度までに広く分布している。山腹の急傾斜地は豪雪のために高木が発達していないものの、河川沿いの低地や緩傾斜地には高木、大径木で構成されたブナの原生林が残されている。温身平《ぬくみだいら》と呼ばれる場所もそのひとつであり、樹高三十メートル以上、樹齢百五十年以上のブナの木々が四季折々の美しさと荘厳さで私を迎えてくれる。

サワグルミやミズナラ、ベニイタヤなどの木々もブナの森を構成する仲間である。それらの間隔は自然のつくる間であり、やさしさを教えてくれる。密集せず、疎くもなく、居心地の良い建築空間のようでもある。

しかしそこを訪れるたびに、人間のあわれな知恵の無さを嘆いてしまうのも事実である。ブナの森の傍らにはコンクリートの砂防ダムがある。澄んだ水を湛えていても、立ち枯れの無惨なブナの姿が水面に映る様子は痛ましい。洪水の抑制という理由でつくられるコンクリートのダムが、逆に災害をもたらすのではないかと、危惧してしまう。山の地熱が上昇し、雪崩が発生しやすくなるともいう。雪崩が山道を閉ざし、川も塞いで、人間を寄せ付けない荒々しい光景。

ブナの原生林は緑のダムと呼ばれるように、雨水を蓄える。降った雨はすぐには谷川に流れず、ブナの森に堆積した落ち葉の層が吸い込み、そして少しずつ川に流れる。水を保ち、調節する力こそが自然を豊かなものにする。イワナやヤマメもその滋養ある流れに生かされている。

ブナの森を源とする小さな水の流れは、やがて山裾にある集落を潤す。狭小な谷底平野には、棚田が等高線を描くように連なり、ささやかながら稲作が行われている。かつては山からしみ出した水の流れによる狭い湿地に、稗田がつくられていたのだろうか。

決して稲作に適した土地ではない。冷夏・低温など異常気象があれば、たちどころに米の収穫は平均の二割に満たない量に落ち込んだという。それでも記録にあるだけでも三百数十年経った今日まで、過疎に喘ぎながらも、山間の集落が存続したのは自然の豊かな恵みが、一方にあったからだろう。一時は子供たちの減少に悩んだ集落にも、わずかではあるが子供は増えつつある。それもまた自然の恵み故のことと信じたい。

この八月二十一日から二十二日にかけて、日頃より親しくお付き合いいただいている友人から誘われて、山形の庄内地方の一部に今も残されている送り盆の行事「モリ供養」を見にいった。

鶴岡の街の郊外には、山頂が三つの峰からなることから三森山といわれる、小高い山がある。平野に突き出るようなその山裾に隠れるように清水という集落があり、そこに住む人々にとっては大切な行事である。そればかりか、今なお遠く県外からも供養に訪れるという。

死者の霊は、汚れを浄化するためにモリの山にこもり、清められると金峰山や羽黒山という近くのやや高い山に登り、さらに浄化されると月山の高い山に行くという。盆の十六日に送られた霊は、一度モリの山に集まる。そこに留まっている間に、霊の成仏を願い、また感謝するために、子孫は水や花、蠟燭や米、菓子などを携えて、山に登り、山上の諸堂を配巡し、供養を受けるのだ。モリ供養は、おそらくこの地に仏教が定着する以前よりあった初源的な信仰を核にしたものであろうか。

モリの山には普段から荒々しい死霊がいて、モリ供養以外の日に登ってはならないとされていた。それを戒める伝説も幾つか残されている。モリの山は現世と来世の冥界との境界にあるとされている。わずか百二十メートル程度の山ではあるが、清水という集落の名前から見て、良質の水が古くから湧いていたのだろう。水を汚さないために、木々を切らないようにという意識が、その奥底にあったのかもしれない。

凝灰質シルト岩になる山塊のせいだろうか、それに昨日降った雨も手伝って、泥だらけになった狭い山道を登っていった。近隣の人々は、それぞれに先祖の霊に供えるものを携えている。暫くは杉林のなかを歩いた。やがてコナラなどの雑木林を抜けて、尾根に点在する堂宇に着いた。清水の集落は、上・中・下と分けられ、それぞれに寺があるが、それら合計七つの堂宇はそれぞれに管轄があり、それぞれの集落の人々が守っているのだという。施餓鬼大供養の時間が定められており、供養者らはそれぞれの堂の前に座り込んでいる。堂前には施餓鬼棚が設けられ、いろいろなものが供えられている。その両側には若衆がいて、「花水あげます」と水を供えている。それらの傍らには、飲食の場さえ用意されている。これら堂と堂との間には供養塔や石地蔵尊が散見されるが、墓もいくつかある。その子孫であろう人々が、霊と語り合うかのように墓の前に筵を敷き、そこに座り込んで酒を飲んでいる。

ふと目を転じると眼下には清水の集落やその背後の庄内平野の広がりが一望できる。現世を超える出会いの場は、すなわち自分の住む世界と対峙する場でもある。

この原稿半ばにして、南フランスを旅してきた。かつてのヨーロッパは森林の豊かな地であったはずなのに、神秘的な原生林はなく、私たち日本人が即飲めるような水もない。氷河に覆われていた太古に自然は淘汰され、単純化された森林が育った。そして狩猟民の心を忘れた農民が森を切り払い、産業革命が追い討ちをかけた。

ヨーロッパの自然と比較して、東北のそれは何と豊穣であろうか。小国《おぐに》のマタギたちは狩猟のため山に入れば、日常会話が禁じられるなど、厳しい規則のもとに行動する。そして巨木に宿る山の神に合掌する。遊びのひとつとしてヨーロッパの貴族たちが馬を駆り、獣や鳥を追いかけたのとは、あまりに違う。

自然に対する姿勢の違いといってはそれまでだが、そのようなずれは、私たちの内にも見え隠れする。三森山に集う霊たちは、清められるとともに、高い山に登る。今や彼らは高速道路が走る深山や土砂に埋もれそうな川、無惨に切り倒されたブナを見ながら、より高みに到達しようとしているのだろうか。

〈童話〉子供だった頃の戦争

藤村　加代子

藤村　加代子（ふじむら　かよこ）　一九三八（昭和一三）年、和歌山市生まれ。たぶん多くの模索と曲折とがあったにちがいないが、藤村は最初の個展（一九六七年）いらい、「水彩画」一筋を貫いてきた。それも微妙に推移する心理を反映しながらだが、ひたすら抽象的抒情的表現に賭けている。一見、水彩とは見えないほど厚みのある感触のうちに、藤村加代子の唄う澄明な歌が画面に響いている。

海辺の幼稚園へ入ったのは昭和十九年（一九四四）の四月のことでした。鳥子は隣りの風子と毎朝手をつないで通いました。大阪の郊外のこの町でも空襲が始まりました。サイレンの音がしたら、裏の大工さんの二番目の光子さんが迎えにきてくれますので、息をはずませて帰ります。海辺の幼稚園は白い壁がまぶしく、外国のお屋敷のような建物でした。ブランコなどいくつかの遊具、お庭の隅の樹の下には東屋が二ヶ所ありまして、三、四人が入って遊びました。お昼になると大きなベルを振って、米子先生がきれいな声で「おごはんの時間ですよー」と知らせてくれます。遊んでいたみんなはいっせいに大きな食堂に入ります。今日はチキンライスとお野菜のグラッセ、お魚のバターいため、鳥子は自分の家で食べるごはんより幼稚園のお昼ごはんが楽しみでした。でも今日は大きいほうのブランコに乗りたくて、急いで食べました。

鳥子は幼稚園で習った歌、

　空襲警報　聞こえてきたら
　今は僕達　小さいから
　大人の言うこと　よく聞いて
　ラララララ
　慌てないで　騒がないで　落ちついて

入っていましょう防空壕を弟の海男と空男に教えてやりました。

十九年の秋、鳥子の家の庭に、防空壕を造ることになりました。男の人が四人来て、とても大きな樽を運んできました。砂地なので深い穴を掘って樽を埋めました。入口には板で階段を作りました。空気孔ができて、電気も引きました。樽の内側にはグルリと椅子を並べたように台を作り、家族が座れるようにこしらえてありました。防空壕へ入るとお味噌の嗅いがして、湿った空気が満ちています。鳥子の家は裏の道を曲がると松林へ出て、その先は海、毎日波の音を聞いて眠ります。

ある日、鳥子は鼻をしっかり押さえて帰ってきたので、母さんが「どうしたの」とたずねました。「鼻が高いと米・英人になる」と答えました。

二十年の四月、国民学校へ入学の日、面接があって「今、どこで戦争をしていますか」とたずねられて、答えることができませんでした。付添いの父さんに言うと、それは無理だろうと慰めてくれましたので、口惜しい気持も少しは収まりました。戦時中なので、皆集まって上級生が、左り―右、左り―右と号令を掛けて通学するのが嫌でたまりませんでした。しかし、帰り道は三、四人が一緒になって、野の花を摘んだり、空《から》の荷馬車に乗せてもらって、足をブラブラさせながら楽しく帰る日もありました。防空頭巾を左に、カバンを右にかけて、胸には住所、氏名、学校名、血液型を書いた布を縫いつけて学校へ行きました。

ちょうど、風子の兄さんが一緒に帰宅する道、鳥子達四人で国道を歩いていた時、突然、海の方から艦載機が飛んで来ました。サイレンも聞こえないのに、次の艦載機が低く向かってきたのです。大きな爆音とパンパンという今まで聞いたこともない音がした時、風子の兄さんが、三人を一段低くなった所の檜葉の生垣の中へ突き飛ばしました。檜葉の香りがして、小枝で顔や腕がすれて少し血が出ました。鳥子は初めて戦争の怖さを知りました。震えながら国道を見ると、一列に小さな穴があいていました。

その頃から母さんは、モンペ姿になって、赤ん坊の花子をおぶって仕事をしていました。ある日、父さんが丸坊主になって帰ってきました。びっくりして見ていると「戦争だから」と少しきまり悪そうな顔になりました。

三月の大空襲で大阪の街はほとんど焼けてしまいましたので、伯母の一家が一緒に住むことになりました。父さん母さんの顔が日に日に疲れてきたようです。空襲の回数も増してきて、壕で寝る日が多くなりました。ある晩、息苦しくなりましたので、そーっと出てみると、たくさんの焼夷弾が花火のように降ってきて、その中をサーチライトの長い光が何本も動いています。遠くで聞こえる爆撃音がドーン、ドーンとお腹に響きます。空が大きなお祭りをしているんだと鳥子はうっとりしてしまいました。

父さんの友人一家が焼け出されたので、自転車に乗って、大阪まで出かけた父さんの話では、堺の街を通った時、黒く焼けただれた死体がゴロゴロ横たわっていたそうです。河の中にもたくさんの死体が浮かんでいました。そのことを聞いた夜、鳥子は夢を見ました。暗い海面から、大きな人影のようなものが、次々と立ち上がってきて海が見えないくらいになりました。汗を一パイかいて、三日間、高熱が出ました。

そんな頃でも、子供達は海や松林で遊びたくてたまりません。松の木に登ったり、トンボを捕ったり、蟻地獄の円錐の穴をのぞきこんだり、海では貝を掘り、きれいな貝殻を集めたりしました。暑くなると、母さんが編んでくれたクリーム色と水色の横縞の水着を着てハダシで海へ走ります。集まった近所の子供達と、束の間、楽しい時を過しました。その夏は三回、海で遊ぶことができました。

終戦の少し前、空襲警報が解けましたので、家の前でゴム飛びをしていましたら、大阪湾の上の方に落下傘が二つ、フワフワと浮かんでいます。急に近所の人々が騒がしくなりました。鳥子達も遊ぶのをやめて、大人の後に付いて海岸の方へ行こうとしました。突然、池男のおじいさんがとても怖い顔をして、大声を出して、「来たらいかん」と正面を向いて睨まれました。いつもニコニコして、やさしく声をかけてくれるおじいさんは、まるで別人のようでした。鳥子は足がすくんでしまいました。竹やりを持って男の人達が走ります。海の方へみんなが走ります。鳥子の頭の中に重い音楽が鳴り響いたような気がしました。友達も立ちすくんでいました。庭の自転車小屋に入って、しばらくじっとしていました。戦争が終わってからも、その事を思い出すと震えてきます。

八月十五日、戦争が終わりました。

草子のお父さんが復員して一週間目に、廊下の奥で首をつりました。

鳥子の家では、鴉を五ワ飼うことになりました。夜になっても、黒い布で電灯の笠の回りを覆わなくてもよくなって、お部屋がパァーッと明るくなったことが一番うれしい事でした。

戦争が終わって五十年近くたった今、遠い国での戦争をテレビで観ていますと胸が詰ります。鳥子の知っているB-29の音と今の飛行機とは違いますが、爆撃音を聞くとドキドキしてしまいます。小さな子供が手や足を失って、虚ろな目でベッドに寝かされているのを観ると、何度も泣きました。

鳥子は子供の頃、戦争を体験しましたが、今、元気に生きています。

老いの問題を考える旅で

高見澤　たか子

高見澤　たか子(たかみざわ　たかこ)　一九三六(昭和一一)年、東京生まれ(本名＝寺尾隆子)。早稲田大学文学部卒。主婦業兼文筆業から、さらに社会福祉のヴォランティア活動を通じ、また小林秀雄とつながる人脈をも活かして「ノンフィクション作家」に。戦後日本の良い面での女性像を体現。ルポルタージュや評論にも健筆をふるう。近著に『自立する老後のために』(晶文社、一九九八年)。

「あなたがもしも病気にでもなられたら、どうなさいますか?」
「そうなったらいま二階にある寝室を、一階に移します」

私の質問に答えてくれたのは、七十代半ばのデブロック夫人。ベルギー人の私の友人シュザンヌの母親である。父親のデブロック氏のほうは、妻の言葉にニコニコしながらあいづちを打っていた。この、あまりにも単純明快な答に、私は一瞬ぽかんとしてしまった。デブロック夫妻には長女のシュザンヌを含めて、五人の娘がある。だが、そのうちのだれとも一緒に暮らすつもりはないと、娘たちに宣言しているそうだ。デブロック夫人の答は、じつに具体的で、しかも、ある覚悟さえ感じられた。

去年の夏、シュザンヌの案内で彼女の両親の住むベルギーのコルトレーという町を訪ねたときのことである。

私はこのとき、漠然とではあるが、ある予想を立てて、オランダ、ベルギー、そしてフランスと友人の紹介を頼りに高齢者の人たちの暮らしを訪ねてまわった。自立と個の尊重とを社会の基本にしているヨーロッパ社会と、自立を唱えながらも実際には家族の存在を老後の大きな支えとする日本の社会のあり方とを、自分なりに比べてみたかった。なぜなら、私の身のまわりに起こっている老いにかかわるさまざまな問題を見ていると、じつはその根にあるものはみんなひと続きのもののように見えるからだ。年老いて、もしもからだが思うように動かなくなったとき、私たちは何を頼りに生きていくのだろうか。

私の遠縁の伯母は、末の息子夫婦に看取られている。息子は親の土地を利用して新しい家を建て、母親を引き取った。家を改築するとき、ほんとうは伯母は、自分の部屋を独立した別棟にしたかった。つまり息子の奥さんとまったく気が合わなかったからだ。伯母の親友もそれに賛成して、息子夫婦に伯母の希望を伝えてくれた。だが息子から「お母さん、いいんですね」と最終的に念を押されたとき、伯母は自分の意志とはまったく反対の返事をしてしまった。いままで一つ屋根の下に暮らしていたものが別々になるなんて、世間体が悪いと判断したのである。それから数年後、伯母は骨折が原因でからだが不自由になった。嫁姑の仲の悪さは変わらないが、伯母は息子の奥さんに介護され、米寿の祝いなどを盛大にしてもらって、世間体を保っている。だが毎日の生活は、三度の食事を自分の部屋に差し入れられ、テレビだけを相手に暮らす、およそ味気ないものだ。電話も訪問客との応対も、いまや息子の奥さんの支配下にある。「せめて別棟にしておけば、私たちも自由に訪ねられたのに」と伯母の友人たちは嘆いている。

「あーいやだいやだ、いままで女の人たちって、みんなそうやって、意志表示をはっきりしないでうやむやでやってきたのね。それでいて、胸の中に恨みつらみをいっぱいためているんだからズルイわよ」。

女同士二、三人でしゃべっていたとき、私がこの伯母の話をすると、その中の一人がつき物でも払うように、大きく首をふりながらこう言った。彼女は一人っ子で、少し痴呆症状の出たお母さんを看取っている。彼女が困っているのは、どうしたいのか、どうして欲しいのか、母親が自分の意志をはっきりさせないことだという。親子なのだから、それを察して当然だとお母さんは言いたいらしい。しかし子供の立場からすると、ことあるごとに、ああでもない、こうでもないと思いめぐらせ、母親の気持を汲み取ることに疲れ切ってしまうと言うのだ。

友人のグチを聞きながら、以前シュザンヌが自分の母親のことを、こんなふうに話したことを思い出す。

「日本の母（夫の母）のほうが、ずっとつき合いやすいですよ。甘えてくれるものね。ベルギーの母は、私たちがこんなに心配しているのに、娘たちに甘えたくないの一点張りだもの」。

糖尿病と高血圧が持病の母親のことを、遠く離れて暮らしていることもあって、シュザンヌはいつも心配している。私の友人の母親のように、娘なのだから自分の気持を察して当然と、全面的にもたれかかってこられると、一緒に暮らす家族は確かにしんどくなるだろう。だが、シュザンヌの言うように、あくまで突っ張られるのも、娘としてはさみしいのかな、とも思った。

かつてシュザンヌのお父さんは、娘たちが学校を卒業すると、直ちに家を出ていくように申し渡したそうだ。両親のかたくなな態度は、たぶんそのせいではないかとシュザンヌは言う。

「そう言った手前、いまさらだれかに戻ってきて欲しいとはきっと言いにくいのよ」。

私は、シュザンヌが両親の気持をこんなふうに解釈しているのを、「へぇー」という感じで聞いた。彼女はこれまでの人生を、ベルギーと日本とちょうど半分ずつ暮らしたことになるが、ものの考え方に、かなり日本的な発想が混じってきたように、私には思えたのである。だが、去年初めてシュザンヌの生家に行ってみて、私はそういう自分の感想をまた訂正しなければならなくなった。

彼女の家に着いた最初の日、お母さんのいれてくれたベルギーの花のお茶で、お菓子をごちそうになっていたときだった。私の夫のカップにお替わりを注いでくれたお母さんがついでに砂糖も入れてくれた。ところがそれをシュザンヌが見とがめて、お母さんに厳しい調子で注意した。お母さんのほうも負けずに何か言い返す。二人が話しているオランダ語はさっぱりわからないが、状況から判断して、相手の好みも聞かずに砂糖まで入れるのはかえって失礼だと、シュザンヌがお母さんに文句を言っているらしい。二人の口論の激しさに私たちはうろたえた。夫は、自分は砂糖を入れたのが好きだからかまわないとシュザンヌをなだめたが、「いいえ、こういうおせっかいは、母の悪いクセです！」と言って後にひかない。わずかな時間ではあったが、母と娘のこの突発的な口げんかには、驚かされた。シュザンヌの言うこともわからないではないが、何もお客の前で言い合いをすることもないのではないかと思う。家族同士よくあるこうした行き違いを、私たちならなるべく避けて通ろうとするが、彼女たちは摩擦があるのを当然とする。この一件を例にとっても、自己主張の強い人たちが一緒に暮らすことの難しさを考えさせられた。たとえ親子であっても、折れ合っていくには、かなりのエネルギーがいる。シュザンヌのお母さんが、娘たちとの同居を望まないのは、こうした衝突の予感を確実に感じているからなのだ。

もっとも、ヨーロッパの人たちの頭の中には、最初から成人した子供と暮らすという発想がないことを、こんどの取材でもはっきりと感じた。四年前に、オランダのライデンの新興住宅地に住む老夫婦を訪ねたとき、妻のほうが進行性マヒで十六年間寝たきりと聞いて驚いた。彼女のからだの部分で自由になるのは、首から上と右手の二本の指だけだった。壁や棚に子供や孫の写真がたくさん飾ってあるのを見て、私は思わず、なぜ「子供たちと一緒に暮らさないんですか？」と、案内してくれた訪問看護婦に聞いてしまった。訪問看護婦は質問の意味がよくわからないという表情で、「それは彼らの自由です」と答えた。ヘルパーと訪問看護婦の助けを借りれば、八十何歳かの夫が妻の面倒を看ながら普通に暮らせるのだということにも感動したが、こうした重度の障害を持っても、二人で生活をしているということに、私は圧倒される思いだった。

今回もオランダで、自宅で一人暮らしをしている九十四歳の男性や、「ホフ」と呼ばれる独身者専用の古い養老院で生活している八十六歳の女性に話を聞いたが、身のまわりをきれいにして読書や庭いじり、ブリッジなど自分の楽しみを日課に、悠々と暮らしている高齢者の人たちを見ると、健康チェックのための訪問看護婦や家事援助のヘルパーが周期的にまわってくるだけで、かなりの人たちが住みなれた場所で暮らすことができるのだということを、改めて感じた。ホフに住むおばあさんには、私たちの友人の奥さんであるオランダ人のマレーネが週一回一時間ボランティアで話し相手になっている。その老婦人は両親の面倒を見ているうちに年をとってしまったというが、快活で愉快な人だった。マレーネが自分の家族や友人のことを話すのを、彼女は自分の娘の話を聞くように耳を傾ける。血縁に頼らなくても、世代を超えたこうしたいい付き合い方ができるのだ。

一人暮らしの男性のほうは、前回の取材で親しくなった社会学者ユンカー氏の義父で、小さな村に住んでいる。週一回ヘルパーが訪問するだけで身のまわりのことはすべて自分がしている。しかし、ユンカー氏の奥さんを含め五人の子供たちが、うまく役割分担をしながら父親の生活を脇から支えているのが印象的だった。朝電話をする人、夜就寝前にする人、ときどき会社の帰りに立ち寄る人、週一回訪ねる人、洗濯ものを引き受ける人、そういう連携プレーに加えて、お父さんは緊急の呼出しベルを持っている。「何の不安感もない」と言いながら「フォッ、フォッ、フォッ」と笑っていた。

年をとっても、こうした住みなれた場所で暮らせるのは、第一にきちんとした社会的なサービスがあるからだ。高齢者や障害者の人権は、二重三重に守られているように感じられた。たとえばシュザンヌのお母さんのように、「寝室を上から下へ降ろす」という簡単な覚悟さえしておけばすむということがそれを証明している。第二には、この人たちの孤独に対しての対応のうまさ、そして強さである。いくらヘルパーやボランティアがやってきても、せいぜい一、二時間のことだ。不安で、さみしい夜の時間がないとは、だれが言えよう。しかし、そのことを口にした人はだれもいなかった。その、あくまで一人立つという姿勢に、私はやはり深い感動を覚えた。

ティンパニーの音色

長谷川　堯

長谷川　堯（はせがわ　たかし）　一九三七（昭和一二）年、島根県生まれ。早稲田大学文学部卒業と同時に、〈国際建築〉で建築評論家としてデビュー（一九六〇年）。稲門の大先達・村野藤吾の側に立ち、東京帝国大学の丹下健三を代表とする日本の戦後建築主流派に鋭い批判の目を向け続けた。その成果は『神殿か獄舎か』（相模書房、一九七二年）に明らか。のち武蔵野美術大学教授に納まる。

梅雨の頃から始まった今夏の猛暑の名残がまだあった九月の初め、来年がちょうど生誕百年目にあたる、建築家堀口捨己の仕事を回顧するいくつかの催しを準備するための小さな集まりが、三田の建築会館の一室で開かれた。堀口先生の消息が、なぜか私たちの耳にほとんど届かないままに十数年が過ぎた今年の春、人伝に、実は先生は十年近くも前の、一九八五年八月十九日、九一歳で他界されていた。そのことが最近やっとわかった、と教えられて驚いた。日本の近代建築史のなかで格別に重要な役割を果たしてこられた人の最後が、ごく最近までわからなかったのは、なんとも不思議な話であるが、それはともかく、来年の一月に開く記念シンポジウムを皮切りに、展覧会など先生の業績を偲ぶ企画を進めていこうと合意して、その夜の集まりはお開きになった。その帰途の電車のなかで、ふと私の頭に浮かんだことがあった。そういえばかつて大変お世話になったある先生の場合も、そろそろ同じような節目の年が近づいているのではないか、と。帰宅して早速酔眼のままに調べて見たら、なんと、今年がその生誕百年の年にあたっている。一八九四年生まれといえば、先般東京で回顧展が開かれて盛況だった、吉田五十八、吉田鉄郎、山田守といった建築家たちと同じ年だったのである。

板垣鷹穂（一八九四〜一九六六）。この私の恩師の名前を、日本の近代建築史とのかかわりで記憶している人は、今では少ないにちがいない。日本の近代文学に詳しい人ならば、戦前のほとんど唯一人の女流文学評論家、板垣直子の夫として、その名を思い出すかもしれない。西洋美術史に関心のある人なら、ルネッサンスからバロックにいたるイタリア美術に関する本の著者として知っているだろう。また一九三〇年代の板垣は、新しい視覚的表現芸術のジャンル、たとえば映画とか写真といった分野の意欲的な批評家としても知られていた。その板垣が、そのような多面的な活動の一環として、実は「日本における『建築評論家』の草分けの一人」[*1]として活躍した人であったのだが、その活動を直接見聞した世代は、今の建築界では、七十歳から上の世代に限られている。板垣は、もともとは建築出身者ではなく、最初は父親の仕事であった医学をめざし、やがて哲学から美学・美術史の研究へと方向を転じた。日本に、ル・コルビュジエの初期の言動に代表されるような合理主義論や機械主義美学が入ってくると同時に、それに触発されたかのように、一九三〇年前後から敗戦までの十数年間にわたって、岩波の〈思想〉や小山正和の主宰する〈国際建築〉といった雑誌を中心に熱心に建築史や建築評論の筆をとった。こうしたなかで、いわゆる《新興建築家》たちとの交流も広がって行き、堀口捨己、谷口吉郎、村野藤吾、佐藤武夫など、多くの建築家たちとの間に、親密な交りをもった。

一方、教育者でもあった板垣は、一九二一（大正一〇）年から東京美術学校（後の東京芸術大学）で講師をつとめたのを皮切りに、以後戦前から戦後にかけて、慶応大学文学部、東京写真専門学校（後の東京写真大学、現・東京工芸大学）、帝国美術学校（後の武蔵野美術大学）、といった数々の専門学校や大学で、美術史や美学を講義した。その板垣が、一九五九年、定年退職した美術史の坂崎坦《しずか》の後を継ぐかたちで早稲田大学文学部教授となったが、この時に私はちょうど美術史専攻の学生として在籍していた。当時の文学部の学生がほとんどテーマとしなかった近代建築史を卒論に選んだことから、板垣先生の指導を直接受け、論文に目を通してもらうことになった。忘れもしないが、卒業を間近にひかえた一九六〇年の三月、大隈会館での簡素な謝恩会の席で、きみきみちょっと、と板垣先生に呼びつけられて何事かと緊張する私に、いつものように太い葉巻を指に挟んで燻らしながら、珍しく笑顔で、きみの卒論を読んだが大変に面白かった、今度〈国際建築〉の小山君に連絡しておくから、編集部へもっていってみなさい、うまくいけば載せてくれるかもしれない、という思いがけない親切な話を聞いた。内心飛び上がりたい気持ではあったが、はたして専門誌に発表するほどの内容が自分の卒論にあるかどうか心配になったのもたしかだ。二二歳の若造が、コルやミースやグロピウスについての三百枚ほどの論文を書いたと言っても、実は建築のことなど全くといっていいほど知らないことを本人が一番知っていたからである。しかしともかくこの時の先生の口添えのおかげで、拙い仕事であったが、幸運にもその雑誌に連載してもらえ、おかげで、その後三十数年間を、曲がりなりにも「建築評論家」といった肩書で仕事を続けることができたことを思えば、先生との出会いは私の半生にとって、決定的な出来事であったといえる。[*2]

ギーディオンは駄目だな、あの本[*3]で使っている史料は全部知っているし読んでるけれど、という板垣先生のきっぱりとした調子の言葉が、今でも私の耳の奥にはっきりと残っている。バロックから近代への道筋を、《時—空》概念を借りてCIAM色の濃い建築史観に強引にまとめあげてみせたS・ギーディオンの腕力に、すごく魅力を感じていた私にむかって、駄目だ、という先生に、実はむっとしたけれども、しばらくするとその判断の正当性を理解できるようになった。つまり板垣史観からすれば、近代合理主義建築が建築史の最終的到達点である、とでもいいたげなギーディオンの歴史観は、危険な虚構にすぎないと見えたことが私にもやっとわかってきたからである。ひとつの時代が、その時代にふさわしい新様式を生み出すことはあるとしても、歴史はそこで終息し、完結するはずはない。建築の歴史は、そうした様式の積み重ねであり、またしばしば繰り返しであるという認識のなかで、近代建築もまたそうした積層や反復のなかの一つの点景物にすぎない、という歴史研究者らしい広角の視界が板垣の目にはあったのだ。要するに《建築》を捉える彼の視界のなかでは、サン・ピエトロのミケランジェロのドームも、ベルニーニのピアッツァも、パクストンの水晶宮も、ル・コルビュジエの住宅も、メンデルゾーンの映画館も、ほとんど同じ考察対象として彼の美意識の地平に置かれていたのである。そうした立場は、先生自身がほとんど唯一気にいっていた著書、『建築』を一読してみれば、すぐにも理解できるであろう。[*4]

それにしても建築にせよ美術にせよ、板垣鷹穂のものを見る目の鋭さ、価値判断の正確さは、戦前に彼が出した多くの本を改めて読み返してみて、現在においても十分に通用するものであることには、驚かずにはいられない。そしてその根幹にある美学をあえて探るとするならば、やはり《古典主義》の美学が彼の体内に確固としたものとしてあったといえるように私は考える。いつか村野藤吾設計の「日生劇場」が日比谷に完成したばかりの時、板垣先生がそれを見学されるのにお供をしたことがあった。建物を一通り見回った後、オープニング・イヴェントに招かれていたベルリン・フィルのリハーサル室に充てられた大会議室を見ていた時、置き去りにされた楽器群を眺めながら、板垣先生がポツリと、ぼくはオーケストラの楽器のなかではティンパニーが一番好きだな、と話されるのを脇で聞いて、先生に見つからないように私はひとりほくそ笑んだ。半球形をした楽器のプライマリーな形態から連想するのとは別に、その楽器が発するシンプルでマッシヴな音の響きからも、《古典主義者》板垣鷹穂が、オーケストラの楽器群のなかからたった一つ選ぶべき楽器こそ、まさにティンパニーだ、と瞬間私は理解して、やっぱりと叫んだからである。と同時に、そのつぶやきは、村野の「日生」に対する、板垣一流の批評であったかとも、後になって考えた。[*5]

板垣先生のお酒好きは弟子たちの間ではよく知られていた。いつか先生のお宅でいつものようにウィスキーを御馳走になっている時、私が、先生はお若い頃からお酒をよく召し上がったのですか、とやや不躾な質問をしたことがあった。先生は突然真顔になって、いやそうじゃない、あまり話したことはないがきっかけがあったのだ、と私が予想もしていなかった話が先生の口から出た。小林多喜二が警察に殺され、遺体が自宅に戻ってきたことを聞き、文学仲間であった直子夫人と二人で弔問に出掛けた、という話からそれは始まった。多喜二の同志たちが、見てやってくれと、開いた衣服の下の多喜二の身体に残された拷問の痕跡が見るに忍びないほど痛ましかったこと、そして板垣夫妻が退出したそのすぐ後に、待ち構えていたかのように、張り込んでいた警察が踏み込んで、集まっていた多喜二の仲間を全員逮捕したこと。その時の出来事が、それまであまり飲まなかった酒を口にする動機になったようだ、と三十余年の時間の経過をこえてその光景を目前にするかのように静かに話された。小林多喜二が、逮捕されたその日に築地署で虐殺されたのが一九三三年二月二十日。多喜二の享年二十九歳。ほんとうに人柄のいいすばらしい人物であったと後に私に語った板垣先生がその時、まだ三十八歳の若さであった。[*6] この頃から、それまでモダニズムを一身に引き受けて動いていたような板垣が、少しずつ方向を転換しはじめていったようにみえるのも、偶然ではなかったかもしれない。[*7]

註

*1 藤岡洋保―三村賢太郎「『建築評論家』板垣鷹穂の建築観」日本建築学会論文集第三九四号一九八八年十二月号。

*2 その手直しした卒業論文は、「近代建築の空間性」と改題して〈国際建築〉一九六〇年八月号〜六一年二月号に連載された。

*3 S・ギーディオン『時間・空間・建築』太田実訳 丸善 一九五五年、米国での初版は一九四一年。

*4 板垣鷹穂――『建築』育成社弘道閣 一九四二年。

*5 板垣は戦前の村野の建築のもっともよき理解者の一人であり、たとえば前出書『建築』には、「比叡山ホテル」や「都ホテル」などを竣工時に宿泊して内容を高く評価した文章が残されている。

*6 小林多喜二と板垣との交流については、板垣鷹穂『観想の玩具』大畑書店 一九三三年に収められた「古い手紙、小林多喜二氏のこと」に詳しい。

*7 註1の論文によれば、板垣が「建築の合理主義について説明したのは、(中略)、昭和四年から八年までである。その後の彼は合理主義を称揚する文章をほとんど書いていない」と分析されている。

夜更けのカラス

入之内　瑛

入之内　瑛（いりのうち　あきら）　一九四六（昭和二一）年、茨城県生まれ。建築家・原広司の敢行した「集落への旅」に、入之内は東大生産技術研究室の一員として参加。近代の問い直しにつながるアフリカ、中南米へのその旅に、おそらく建築家・入之内瑛の初心があるだろう。七〇年代初頭のＡＦ（アーキテクチュラル・フロント）の運動で示した入之内の芯の勁さが今も建築の在りようを問い続けている、その目と手と足で。都市梱包工房主宰。

東京・代々木は予備校と塾の町。大人になりきれない若者の多い町だ。その代々木に工房《アトリエ》を移して十五年になる。

工房の近くに明治神宮、代々木公園、すこし離れて、反対側に新宿公園や御苑がある。いい環境のように聞こえるが、工房の辺りはカラスの群の通り道でもあり、夕方には周りの公園をめざすカラスの群が空を駆け、急に騒がしくなる。

田園風景の中で、夕暮の山間によく見るカラスには、どこか風情があって優しい気持になるが、灰色の都市の空を低く群飛ぶその姿には、どことなく無気味な感じがある。時にはわが工房の上空や入口近くで、縄張り争いの鋭い叫びが湧き上がる。

それに加えて、右翼の「街宣車」（街頭宣伝車）の、あの馬鹿でかい騒音。工房の近くに日共本部があり、ちょうど前の通りはその花道になる。これは創作活動の場にはほど遠い、と越して間もないころは嘆いたものだ。しかし、慣れもあるかもしれないが、最近はそうした騒音が少なくなったように感じられる。

それらに代わって、また人騒がせな一団がこの町に出現しはじめた。小さな「ジャリ」（小学生中心の子供たち）の集団である。それもたそがれ時から夜更けにかけて、背負ったカバンに足取りもおぼつかなく、ダラダラと。たまには大声で元気そうな一団もいるが、多くは無言で、うつ向きながら薄暗闇の舗道を歩いている。塾帰りの子供たちの群。これも無気味で異様な光景だ。

夜の十時ごろ、自動販売機の明りにメガネを光らせ、手に手に栄養ドリンク剤などを持って羽を休めているその光景には、どこかSF的な印象を覚える。

＊

住まいを設計するという立場で、私は家族の在り方と住まいとの関係、都市と住まいとの関係を見つめてきた。最近それらの関係に幾つかの疑問を抱いている。

私が接する近ごろの設計依頼者《クライアント》は、じつによく各地の住宅展示場を見てまわり、また住宅建設業者《ハウジング・メーカー》のカタログや住宅雑誌をこちらが驚くほど詳しく知っている。だが、そうしたクライアントに共通しているのは、住まいを設備や機器の集合として捉えていること。会って話を聞くと、「××ホームの○○型シリーズに会うセキュリティ・システム、メインテナンス・フリー、○○ユニット、××カセット……」等々、次から次へと横文字単語が飛び出してくる。しかし、家族がどのように住みたいのか、住まいを通してどのように生きたいのか、という肝腎要のことは一向に明らかにならない。対話が深いところに届かない。いったいこれはどうしたことか。

住まいを便利さや快適さの対象としてのみ捉え、それを設備機器類によって獲得しようとする欲求。それはマニュアル化され物神化された、あの住宅展示場の仕掛けが産み出す幻想に丸ごと犯されているとしか言いようがない。

炊事、洗濯、掃除……という生活行為は、どんどん機器類によって代替され、そこには、それぞれの家族によって築き上げられるはずの固有の生活像はすこしも見えてこないのである。

この、驚くべき生活像の欠落は、別の見方からすれば、自己の主体の他者（産業、社会の機構、都市）への依存もしくは譲り渡し、委譲を意味するのではなかろうか。

その傾向とも関連して、もう一つ気付かされるのは、住まいにおける根本的な条件、生命の維持に対する意識の薄れである。つまり、水や火という人間の命に不可欠の物・エネルギーの重大さが、機器類への依存が深まるにつれて忘れられてゆく。水は水道の蛇口を開ければ、火は自動点火装置によって簡単に得られる、という短絡的幻想に支配されているのではなかろうか。

これは考えてみれば恐ろしいことだと思わずにいられない。そして、ことは水や火の問題に限られない。

都市の生活が人工的であり、自然から離れたものである以上、自立とか自給とかがむずかしく、他者への依存・委譲が日常化されていることは自明のことである。しかし、そうだからこそ、逆に都市の中での住まいにおける、そこに住む人間の主体的な自立意識がつよく求められるのではなかろうか。たとえば、健康とか教育とか近隣関係……等々についても、それは指摘されるだろう。医療については医者、病院に頼り、子供の教育については学校、さらに塾に任せ、わずらわしい隣り近所の問題は、自らの手を汚すことなく、すぐに役所や警察へ、といった姿勢は、けっして望ましい都市の人間の在りよう、家族像ではないと思われるのだが。

代々木の町を夜毎徘徊する子供たちの群、それは夜更けのカラスよりも無気味な、ある暗示的な都市風景と呼べるのではなかろうか。

八月の空に寄せて

大谷　幸夫

大谷　幸夫（おおたに　さちお）　一九二四（大正一三）年、東京生まれ。東京大空襲の前から丹下健三研究室にあって、戦後の師の華々しい出発を陰で支えた。しかし、大谷自身の姿勢と方法論とは、むしろ丹下の対極にある。彼は五期会の運動で主導的役割を果たし、「麹町計画」（一九六〇～六一年）によって自立を宣した。注目を集めた国立京都国際会館コンペ一等当選（一九六三年）で地歩を固め、東大教授となった。外柔内剛の人。

八月に入ると東京にも空が戻ってくる。喧噪と過密のまちに慌ただしく時を過ごし、日頃は空を見つめることもない私たちも、空がこんなにも青く深いことを改めて知らされる。じっと見つめていると、軀が天空の深奥に引き込まれるような錯覚に陥り、真夏の燃えるような陽光は、無数の小さな光の粒子となって天空全域に向けて拡散してゆく。やがてこの光芒の向こうに何ものかの影が揺れ、誰かのかすかなつぶやきが聞こえてくるような幻覚に捉われる。それはまぎれもなく五十年前の八月十五日、私がみた空なのだ。

当時、私は勤労動員で八ヶ岳の近くに居て終戦を迎えた。ラジオ放送を聞いたとき、宿舎を提供してくださった農家の働きものの主婦が、障子に寄りかかって茫然と坐ったまま、戦死した息子さんの名を呼んで「Aちゃんも無駄に死んだね」とつぶやくのが聞こえた。私は居たたまれなくなって近くの小山に登り、夕方まで松の梢の向こうの空を見ていた。これから起こるであろう測り知れない未知の事態に立ち向かうに当たって、何とか冷静になろうと努めていた。しかし、天空に何ものかの影やつぶやきを感じたとき、これからの事に取り組む前に、膨大な数の死者たちのことを、どう受け止めるのか、そのことが問われているように思った。当時は未だ沖縄の悲惨な実情も、南京大虐殺のことも、満州の悲劇も知らない。しかし、大空襲での胸を締め付けられるような無惨な死や、愛する家族に思いを残した多数の無念の死が重くのし掛ってくる。そして耳に残っている農家の母親のつぶやきは、どうやっても取り返しのつかない事態を、私たちが押し止めることができなかったという事実を、問い返しているのだと思った。

八月という季節が、私たちに普段とは違う心情を呼び覚ますのは、言うまでもなく五十年前のこの八月に、広島・長崎に原爆が投下されたこと、第二次世界大戦の無惨が、無惨のまま終わったこと、そしてたぶん正月行事と共に、古くからの二大民間歳時習俗としてのお盆の季節に重なっている、といった理由によるものと思う。

本来は祖霊来臨を迎える祭事であるが、古くからの民俗学的来歴を身につけ、度重なる戦乱の悲惨な洗礼を受けてきたお盆という習俗のもとで、多くの人々がごく自然に、戦争によって無惨に散った多数の無念の死を思い起こし、心の中で迎えようとしているのである。真夏の天空に充満し渦巻く無数の光の粒は、死者たちの霊なのか、あるいはささやきなのだろう。

第二次世界大戦時の歴史については、日頃はほとんど意識の外に放置しているか、一方的な解釈によってこれを正当化するか、そのいずれかといったわが国の現状からいえば、八月はこの歴史認識に関わる課題を、現代の人びとの意識に繋ぎ止めるための重要な季節なのである。もっとも、祖霊を迎えるという古来からの習俗が、現代史上の課題への取り組みに、重要な役割を果たすとは、いささか奇妙なことのように思われる。しかしこれを一般化していえば、歴史上のそれぞれの時代は、その時代を担ってきた人びとが死を迎えることによって、確実に過ぎ去ってゆき、時代は否応なしに移り変わってゆく。それゆえ、祖霊を迎え死者を思い起こすことは、過ぎ去った時代を呼び戻し、歴史を再確認・再認識するための有効な手順であり、有力な手法なのである。

文学の世界では、一人の人間あるいはある特定の集団の遍歴や死を、執拗に追いかけ掘り下げることで、時代の真相・真実を語り伝えようとする営みが、絶えることなく続けられている。大岡昇平の『レイテ戦記』にもあるが、多数の兵士たちの無惨な、そして無意味な死によって、軍上層部そして国家の無責任体制と、そこでの作戦のズサンで愚劣なそして非情さが明らかにされ、さらに軍あるいは権力とは、その事実を隠し欺瞞する組織、ということが浮き彫りにされている。また吉田満は『戦艦大和』で、同僚たちが自らの死について「われわれは無意味に死ぬ。この無意味さによって、われわれのようでは駄目だ、と後世の日本人に知らせるのだ」と言い、それが自分たちの死の唯一の意味だと言っているのである。

戦没した同僚や先輩たち、そして沖縄のひめゆりの塔の女子生徒さんたちの写真を、時折見ることがある。彼らは何十年たっても若もののままの無垢な心、好奇心に満ちた聡明な眼差し、そして豊かな情緒を湛え穏やかにこちらを見ている。あまりにも汚れなき若ものであるがゆえに、その一生を踏みにじり、理不尽で無惨な、そして無意味の死に追いやった何ものかに対し、憤りを新たにする。そして、何とも居たたまれない気持になる。私たちには、第二次世界大戦によって大勢の人びとを無惨で無意味な死に追いやったがゆえに、またそうした事態を全く抑止できなかったがゆえに、せめて癒しの心だけは死者に捧げることが求められているのだろう。そして当然のことだが、このような無惨と愚劣そして人間性の圧殺を許さない社会的合意と体制とを整えることが求められているはずだ。しかし今年に入って、こうした了解を瓦解させるような事態が次々に起こっており、改めて人間性を踏みにじる凶猛の抑止に取り組む必要があるものと思う。

ところで、私が関わりを持つ建築や都市の世界では、こうした問題はあまり議論されることもない。文学の世界は言うまでもないが、詩歌の世界ではもっと直接的な展開が見られる。この一月の阪神淡路大震災の場合でも、たくさんの人々が鎮魂と癒しと希望を詩や歌に託している。この人たちは詩や歌を捧げることで自分の心を送り、死者をそして難渋している人々を癒し元気づけたいと願っているのだろう。中学の頃、国文の先生から言霊の力を借りて鬼神をもうごかす、といったことを聞いたことがある。大勢の人びとが詩や歌に託す熱気を感じながら、言霊は本当にあるのかもしれない、と思ったりしている。そして戦争犠牲者、戦没者に多くの人びとがこれまでに捧げた詩歌の数は、おそらく万巻の書を越えていることだろう。

建築や都市の世界ではこうした癒しの一片の痕跡も無いのだろうか。東京などでは大勢の人びとが非業の死をとげた土地の上に建物を建てているのである。一般の建物ではこういった問題はほとんど無関係ですまされているため、特別な建物としての慰霊堂や記念館などでは、意識過剰な解釈や意味づけが横行し、なかなか心に響く癒しの建築をつくることができない。

一方、日本の経済戦略上の現代建築は、これまで都市を支えてきた歴史的建物を取り壊すことで巨大化を、都市の空を喰いつぶすことで高層化を実現している。先にそれぞれの時代を担った人びとを迎えて歴史の再認識を模索する、といったが、現代の都市では、歴史を担ってきた建物を取り壊し、したがってその建物に拠って時代を生きてきた人びとの記憶をもかき消して、「現代」を実現している。つまり歴史の再認識の手掛りを都市から消し去るだけではなく、現代は歴史の無惨な死と、それが無意味であることを宣告しているようだ。私はそこに、生きてゆくときに求められる謙虚さの欠落と、癒しの心から一番遠い世界を感じる。

また、都市の空が侵蝕され消えてゆくことは、海や山や原野が遠ざかり消えてゆくことと合わせて、私たちの生存する空間から自然や宇宙の体系が消えてゆくことを意味している。とりわけ古来からの空間の秩序は、天と地の応答を通して両者を繋ぐ掛け橋が暗示され、それを基軸として総てのものの方向づけや意味づけがなされることにある。都市の空が喰いつぶされ衰退することは、それに支えられた古来からの都市の基軸の衰退を意味している。現代都市の秩序観の喪失は、都市から空が消えてゆくことに象徴されているようだ。

私が八月の空から受けた啓示に触れて、現代都市の歴史性の喪失や秩序観の衰退にまで話を拡げてしまった。けれども改めて私は、天空というものを、もう少し重視したいと考えている。空は海や山や原野を包み込む宇宙そのものであり、私たちはそこに天体の運行の律動を感じとることができる。古代の人びとはこの律動を体現すべく、現世に一大秩序の体系を組み立てている。現代にあっても、天空からの無限の啓示を受けて、より包容力のある秩序の体系を築き、なんとしても無惨な無意味な死は抑止したいものである。

日本の古来からの風俗の一つでいえば、天空は祖霊や先人達の霊が住まわれているところであり、お盆のときにお山に降りてそこから家に戻られる。それゆえ、空もお山も、けっして汚してはいけないのである。それが現世の生活空間を守る原則でもあった、ということを想起すべきではなかろうか。

初出一覧

おもいのほかの……　篠田　桃紅　「風声」一六号（一九八三年八月）
私のバッハ　鬼頭　梓　「風声」五号（一九七八年十月）
半生回想　松村　正恒　「風声」六号（一九七九年三月）
陶磁遍歴　浦辺　鎮太郎　「風声」八号（一九七九年十一月）
「内部風景」　磯崎　新　「風声」一一号（一九八一年三月）
セント・アイヴスにリーチ先生を尋ねて　鈴木　華子　「風声」一二号（一九八一年十月）
わが心の風景　西澤　文隆　「風声」一三号（一九八二年二月）
〈追悼〉白井さんと枝垂桜　前川　國男　「風声」一七号（一九八四年四月）
記憶の中の小宇宙　倉俣　史朗　「風声」一八号（一九八四年八月）
「南まわり」の視点　河原　一郎　「燎」二号（一九八七年十月）
冬の映画館　海野　弘　「燎」三号（一九八八年二月）

伝統拘泥事情　中村　錦平　「燎」五号（一九八八年十月）

ピープルズ・プラン21世紀　武藤　一羊　「燎」九号（一九九〇年二月）

コンドルセの墓　北沢　恒彦　「燎」一四号（一九九一年十月）

良寛書における空間　北川　省一　「燎」一六号（一九九二年六月）

かたちはすでに在る　小川　待子　「燎」一七号（一九九二年十月）

天駆ける思いとともに　本間　利雄　「燎」二〇号（一九九三年十月）

〈童話〉子供だった頃の戦争　藤村　加代子　「燎」二一号（一九九四年二月）

老いの問題を考える旅で　高見澤　たか子　「燎」二二号（一九九四年六月）

ティンパニーの音色　長谷川　堯　「燎」二三号（一九九四年十月）

夜更けのカラス　入之内　瑛　「燎」二五号（一九九五年六月）

八月の空に寄せて　大谷　幸夫　「燎」二六号（一九九五年十月）

あとがき

この本が出来上がるまで、足掛け三年がかかりました。

この本は、二十年間「風声」(一九七六〜八五年)、「燎」(一九八六〜九五年)と続いた小冊子の「内的風景」というテーマによる巻頭エッセイから生まれています。残念なことに、私はこれら「風声」、「燎」との関わりはありませんでしたが、その後を担うべく生まれた「水脈」(一九九六〜現在)の会員ではあります。同人誌という限られた世界ではなく、より多くの人々と対話ができるような場所となることを願い、新たに「水脈」は結成されました。この水脈の活動の一環として、その前身の二十年にわたる積み重ねが、現代のより多くの人手に渡り、読まれ、活かされるためにはどのような形でまとめ、世に出すのが良いのかを考えました。こうした企画に若い世代の一員として参加し、その後も引き続いて編集作業を行いました。

選考作業は、まず収録数を絞り込むことから始めました。はるかに多くの数を読み込み、自分なりの基準を設け、意図的に異なる世代との対話を幾度も重ねながら進めました。しかしながら、最終的な選考結果には多くの人の同意が得られたので、ここに収録された二十二篇が二十年間という時代を表していると共に、依然として時代を超えた価値を内包しているのではないかと思っています。また、収録された二十二篇のうち、最初の九篇は「風声」から、残る十三篇は「燎」から選んでいますが、バランスを考えたわけではなく自然とこうなりました。

各著者の履歴紹介文は、ありきたりのものでは物足りないと感じ、「風声」と「燎」の編者であった宮内さんにお願いして書き下ろしてもらいました。経歴を連ねただけのものとは異なり、ひとつの視点からの俯瞰的な思いも加味されて、面白みと同時に厚みが出たのではないかと感じています。

序文で宮内さんは「二十年間にすぎない」と書かれています。しかし私にとっては小学校入学時から社会人になるまで続いた人生の大部分を占める時間です。この時間の中で書かれたひとつひとつのエッセイを読み込んでいく作業は、学生であった自分が当時あまり意識などしなかった外の世界をもう一度感じとることであり、かつ、自身の内にいかなる風景が広がっているのかを探ることでもあり、貴重な体験だったと感じています。この得がたい体験が本書を手にした幅広い読者に、できれば若い世代にも広がればうれしい限りです。その時々に書かれた「内的風景」というテーマを巡り生まれた言葉は、今の私達に、この先も、何らかの形で共鳴し続ける力を持つと信じています。

最後に、本書に関わっていただいた多くの方々に深くお礼を申し上げます。門外漢の私にこれら二十年の積み重ねをまとめるという大役をくださった宮内嘉久さん、なかなか進まない作業にも関わらず辛抱強くご指導くださった藤原千晴さん、而立書房の宮永捷さんをはじめ、助言と助力をくださった多くの人達に心からの感謝を。

道田　淳

二〇〇一年三月八日

「水脈（みお）」の会からのお知らせ

会では左記の約束の元に、会報を年三回発行し、各種シンポジウムやセミナーなどを随時開催しています。

建築・都市・文化について
市民意識をもって考える
生活の根幹とみなして語る
互いの立場を尊重しつつ幅広く交流をはかる

入会を希望される方は次ページをご覧ください。
入会申し込みをされた方には最新の会報をお送り致します。学生、主婦を含め、幅広い分野の方が参加されています。読者の皆様の入会をお待ちしています。

入会方法

①入会申し込みの送付

氏名／生年／性別／職業／住所／電話・ファックス／メールアドレス

以上の項目を明記の上、ハガキまたはファックスで事務局までお送りください。

［事務局住所］水脈の会事務局

〒一五一―〇〇五三　東京都渋谷区代々木三―二―七

（株）建築計画研究所「都市梱包工房」内

［電話・ファックス］〇三―三三七四―五二五二

②年会費の振り込み

一般会員・年会費五〇〇〇円

学生会員・年会費二〇〇〇円を郵便振替にてお振込みください。

［加入者名］水脈の会　［口座番号］〇〇一四〇―七―一一五七七六

なお、年会費は毎年四月始まりの翌年三月で更新となっておりますので、十月以降に入会を希望される方は年会費の半額をお振り込みください。

内的風景

二〇〇一年五月二十五日　第一版発行

定価　本体二〇〇〇円＋税

編者　水脈の会

発行者　宮永　捷

発行所　有限会社而立書房

〒一〇一―〇〇六四　東京都千代田区

猿楽町二丁目四番二号

振替　〇〇一九〇―七―一七四五六七

電話　〇三―三二九一―五五八九

印刷　有限会社科学図書

製本　大口製本印刷株式会社

ISBN 4－88059－271－4　C 0095